Gisela Steineckert

... und mittendrin das dumme Herz

Gedichte und Lieder

Das Neue Berlin

Schöne Absicht Liebe
so gewaltig kann es zugehn
daß beide oben liegen
was weißt denn du, sagt der richtige Mann
in wie vielen falschen Betten
unter den falschen Blicken falscher Wimpern
ich mich rumtreiben mußte
immer auf der Suche nach dir
ja, sagt die richtige Frau
sprich weiter
diese Stimme, ich bin hin und weg
er sagt, wie gut
daß dir das alles erspart geblieben ist
du hast da draußen nichts versäumt
nein, sagt das Weib
knüllt die Laken von vorher zusammen
ein Windstoß für Fotos und Briefe fehlt
hat sie was zum Verstecken
Männer suchen nicht
würden auch nichts finden
das wissen sie von ihrer zweiten Socke
Schöne Absicht
diesmal alles anders und für ewig
muß gesagt werden und ist immer
ehrlich gemeint

So rot flammt das Laub
so lebendig
als hätten die Blätter
noch wer weiß was vor
ahnungsvoll
lausch ich dem Sommer nach
krieg ein feineres Ohr

schade um alles
was ich mir nur verhieß
schade um alles
was ich zu früh verließ
aber der Oktober
in diesem Jahr
war so, daß ich mir selber
noch einmal widerfahr

schade um alles
was ich nur flüchtig las
schade um alles
was ich zu früh vergaß
aber der Oktober
in diesem Jahr
war so, daß ich mir selber
noch einmal widerfahr

Ich hätte dir gern noch gesagt
daß du der blödeste Mann bist
den es gibt
aber da warst du schon um die Ecke
vorher hast du dem Stuhl noch
vier Beine abgesägt
das war vielleicht ein Mist
weil der Stuhl mich nun nicht mehr trägt
Ich geh sonst leicht an die Decke
aber in dich war ich vielleicht verliebt
obwohl du der blödeste Mann bist
den es gibt
dann war ich allein
das schien noch blöder zu sein

Die Liebe ist
ein warmer duftender ofenfrischer Kuchen
dessen Rezept niemand kennt
wenngleich alle Zutaten bekannt sind
die Liebe ist ein offnes Paradies
das bunteste Bunt aus dem Katalog
Eintritt frei für alle
wir gehn auf Humus unter gefächerten Bäumen
angekommen in Nächten, reich besternt
endlich sind wir bei uns
ein jedes bei sich
und wir reden reden
nur über Ich Ich Ich und versäumen
die Fremdsprache Du zu lernen
oder an die Verse König Salomos zu denken
so fliegen wir in hohem Bogen wieder raus
halb so schlimm, staksen wir pfeifend davon
und verteilen Schuld
Auf dem Teutonengrill
oder auf nassem Asphalt
warten wir auf unsere zweite Chance
oder die dritte, die vorletzte
einige sind schon gestorben
und es hat ihnen keiner gesagt

Das hör ich mein lebelang
Du hast mich nie geliebt
Der Hund tut nichts
Grade du als ihre Mutter
Früher wars einfach
man muß immer auch die andre Seite sehn
die da oben wissen auch nicht alles
die treibts doch mit jedem
nichts geht über selbstgebacken
für Geld macht jeder alles
ich weiß, wovon ich rede
ich bin einfach zu gut
ich könnte Ihn' Romane erzähln
die reißen doch bloß das Maul auf
die marschiern doch bloß
wenn ich könnte, wie ich wollte
ich hab schon immer gesagt
wenn sie uns mal ranlassen würden
früher war alles besser
aber da hat mich auch keiner geliebt

Er hatte nur einen arm
war mit vierzehn letztes aufgebot
vom führer
wir tanzten in meiner stube
bei der hochzeit seiner kusine
die war meine untermieterin
ich legte ihm den Arm um den nacken
wir sahen uns zum ersten mal
und da ich nichts über ihn wußte
hatten wir nichts zu reden
sahen uns in die augen
und nur von diesem tanz
weiß ich seit einem halben jahrhundert
es gibt etwas
das setzt den trauring ab
und zieht die schuhe aus

frage mich niemand
nach welchem lied unsre füße
sich bewegten
sein leib an meinem
das war wie ein schwerer kuß
trotz gedränge der verwandten
süße schamlosigkeit
als die musik endete und wir
uns lösen sollten
war das unmöglich
wir lebten kenntnislos voneinander
und auch fürderhin
unsre minuten auf leben und tod
das geht nicht, das gibt's nicht
aber es war für beide die liebe
ein versprechen, nie eingelöst
es war sie und sie hatte ihren augenblick
der war nicht zu leben
und es war ihm nicht zu entgehn

Ich habe keine Angst
Ich habe Angst, aber ich erliege ihr nicht
Ich erliege ihr
aber ich erhebe mich wieder
Ich habe keine Angst, Frau zu sein
die Männer auch
haben Ängste
erliegen ihnen
erheben sich wieder
Ich habe keine Angst, zu lieben
zwar, wer liebt, hat alles zu verliern
und also mehr Angst
aber erhebt sich auch
hält sich und den andern am Lebendigen fest
was ich erkannt habe
ich stelle es nicht in Frage
ich stelle es in Frage
füge aber der neuen Erfahrung
von meinem neuen Mut hinzu

Meine tiefre Angst ist
ich muß sterben
gewaltsam
und hab nicht genug gelebt
oder nur gelebt
und nicht genug getan
das könnte sein
diese Angst einzig nehme ich mir nicht

Die eine Lüge
sie hat nicht gedacht
daß sie die nicht ertrüge
es war, sagt sie, diese eine
is' ja beinah wie keine
sie hatte sich zwischen euch
gut verkrochen
doch sie hat ihr das Herz gebrochen

Einmal
und auch nicht für immer
doch die Stille gleich darauf
war das Lebendigste im Zimmer
die Uhr fing an zu schlagen
und es gab nichts zu sagen

sie hat paar Briefe rausgesucht
da warn eure Lügen alle verbucht
ihre auch, ihr habts noch mal versucht
war alles beinah wie vorher
aber es ging nicht mehr
weil nichts mehr zusammen paßt
seit du ihr
einmal, nur ein einziges Mal
das Herz gebrochen hast

das gebrochne Herz, sagt sie, das is' ihr Patt
dabei wußte sie vorher nicht mal, daß sie eins hat

Manchmal
atme ich aus und ein
und nehme das wahr
als Ereignis
zu oft gehöre ich den Büchern
denen ich unterstelle
daß sie auf mich warten
oder dem Fernseher

Immer noch diese Neugier
stammend aus ereignisarmer Zeit
heute könnten sie doch
außer drei alten Filmen
und hundertmal bäng bäng
eine Nachricht senden
eine, die alles ändert

halb verhungert
mit Läusen auf dem Kopf
Krätze an den Händen und
in meines Vaters Schuhen schlappend
war ich nicht so verwahrlost
wie vor diesen verlogenen Mäulern
denen ich meine Ohren überlasse
wenn ich zu erschöpft, zu faul
und hoffnungslos bin
Dunkel
atmen
aus und ein
wenn das zu viel Kraft braucht
kriegen sie mich klein

Der mir von Liebe sprach
für ewig und danach
der war zu schwach
und ach
ich habe es gemerkt
und ihn in seiner Schwäche bestärkt

ein Mann darf nicht weinen
hat er von sich verlangt
er darf nur weinen machen
darüber müßten zwei lachen
wir aber haben uns gezankt

als ich dann zornig war
trug ich ihm alles vor
doch mir war klar
er meint
so sind die Weiber halt
dann duckte er sich in seinen Wald
dort hat er geweint

zur Strafe wuchs ihm ein fußliger Bart
als er wiederkam, dachte eine
endlich einer, männlich und hart
sie hat ihn sich zur Hochzeit bunt bebändert
er hatte sich nur leider gar nicht geändert

Alles außer Kraft gesetzt
was nicht dem Tage dient
die Hunde scharf zum Tor gehetzt
die Schwellen dicht vermint

so muß ich nicht den vielen gleichen
was die bedrückt
darf mich nicht erreichen
das ist mir geglückt

Freilich werd ich sehr allein
sogar einsam sein
die ich kenne, gehn zu klein
mit Hoffnung durch das Jahr
keine davon wird wahr

doch ich muß nicht das Unheil teilen
das andre trifft
muß keinem beistehn, keinen heilen
ich les die rechte Schrift

heut schaffts jeder nur allein
mag ich einsam sein
andre reißen ein'n nur rein
und Hoffnung, wächst sie gar
sie wird ja doch nicht wahr

auch die Liebe fortgeschickt
die kostet Zeit und Geld
hab an ihr vorbeigeblickt
seh nur Disteln auf dem Feld

Sag mir, was vermag ein Herz
gegen Eisgestalt
nur die Liebe gibt ihm bald
größere Gewalt

aber Liebe, purpurrot
stirbt sie nicht am Weiß
wenn das Herz es heiß bedroht
perlt es aus dem Eis

warum glaub ich immer noch
an der Liebe Macht
sah doch Leben drübergehn
warmes Herz verlacht

das will atmen, frei heraus
sprengt zu enges Haus
graues Glück wird fade Pflicht
hält am Ende nicht

meist im Winter, grade dann
fangen Träume an
Frühling taut die Eisgestalt
Wärme gibt ihr Halt

Du hast mich berührt
in einem Traum
da hat nichts mehr gelebt
es war nur so ein Träumen
wo die Sehnsucht mit Seide webt

du hast mich geweckt
aus einem Tod
der uns langsam umtanzt
warum sollt ich nun sterben
wilde Blumen hast du gepflanzt

das hast du gemacht
in meinem Traum
als es dir ähnlich ging
so hast du geholfen
daß ich lebendiger kling

du hast mich bewahrt
vor einem Tod
der die Liebe zertanzt
nun bin ich wieder sterblich
wilde Blumen hast du gepflanzt

Im Jahr 88
von München nach Grünwald
der begüterte Freund winkt einem Taxi
einem Bayern mit einem großen Kropf
gestern hab ich einen gefahrn, sagt der
war total zu, hat mir gleich erzählt
er war bei der SS
Vierzehnachtzig Demark West
der begüterte Freund drückt mir heimlich die Hand
ich liebe dich nicht

zwegn an Fronleichnam, da hams ihre
Verwundetenzeichen ausgeführt, frisch poliert
Siebzehnneunzig, siehe oben

wir schnuppern an der DDR, hat er gesagt
weil wir ja angeblich die ganz große Freiheit haben
auf das Grab eines Revolutionärs scheißen
das ist leicht
einundzwanzigvierzig
aber die Zeiten bedenken und einkalkuliern
wer macht das schon
Meint der Stalin, Ulbricht. Gorbatschow
ich frage nicht, ich bin zu feige

der Freund lacht lautlos, laß mich
ich liebe dich nicht
und wos mochn Se dahoam?
eilig rechtfertigen wir unser Visum
wegen Gabriele Münter, Geliebte des Malers Kandinsky
sag ich, auf den Dachböden der Bauern in Murnau
stehn sie noch, die belachten Bilder, getauscht gegen Brot
und Speck
aber nun geben die Einheimischen sie nicht mehr her
seit Amerikaner sie kaufen wollten
Franz Marc, auch seinetwegen sind wir hier
gefallen im zweiten Jahr des ersten Weltkriegs
und zwanzig Jahre nach seinem Soldatentod
verboten von den Nazis wegen entarteter Kunst

der Mann nickt, sagt, des is' recht, meint damit uns
der Viktualienmarkt, sage ich, ist sehr schön, macht neidisch
aber leben möcht ich hier nicht
fünfundzwanzigneunzig
atme mich nicht an, ich liebe dich nicht

meine Freundin ist Gastarbeiter, sagt er, Helena, Griechin
mehr brauch ich Ihnen nicht zum sagen
dann spricht er über Irmtraud Morgner und Helga
Königsdorf
dös is Literatur, oba hier, ollas nicht effizient
in Meiningen de holbe Zeit zur Schul gangen, sagt er
des war schön
einunddreißigfünfzig Demark West
wir steigen aus, ich gebe ihm die Hand

wie kriegen wir seinen einheimischen Kropf
den Dialekt und Meiningen unter einen Hut
gucken dem Auto hinterher und bis heute
weiß ich nicht
ob uns den die Stasi, der BND oder der Zeitgeist
geschickt hat
aber auf den schieben wir ja immer alles
ich suche den Blick meines Mannes und hoffe
er sagt, wenn man sich's nicht leisten kann
was nützt dann so'ne feudale Pause
komm, wir fahren nach Hause

wenn ich will, kann ich mich sputen
gepackt hab ich dann in zehn Minuten

Ein Winter ist mir widerfahrn
trat eher ein als je
in all gelebten frühern Jahrn
und keiner tat so weh

der Adern warme rote Spur
macht Eiswind steinern alt
ich spürte das am Anfang nur
dann ließ mich Kälte kalt

das hast du nun an mir getan
nach wildestem Begehrn
als deine Augen Winter sahn
war Zeit, sich abzukehrn

ein Winter ist mir widerfahrn
den hätt ich nie geglaubt
und dachte doch, ich kenn Gefahrn
sah Bäume früh entlaubt

wie immer nun ein Frühling wird
ich kenn das Jahr nun ganz
mein Herz verwirrt
in dir geirrt
es war mein schönster Tanz

Der Mond zieht an den Wassern
zu Ebbe oder Flut
die Liebe riß am Herzen
wie sie es immer tut

ich brauche etwas andres
hast du gesagt, nur was
das hab ich nie erfahren
und drüber wächst das Gras

es steht in alten Liedern
und hat mit uns zu tun
du kehrst mir zu oft wieder
mit Staub auf deinen Schuhn

das macht, du bist gegangen
und wußtest wohl, wohin
wie schön war dein Verlangen
nach dort, wo ich nicht bin

Aus ihren Angeln könnte meine Tür sich heben
eine Nacht lang für den König offen stehn
feines Fleisch auf meinen Tisch
und Saft von Reben
der König soll leben
ich will mit ihm zu Tische gehn

fern von seinem Schloß
steige er vom Roß
Neugier möge ihn tragen
er muß nur nach der guten Hexe fragen

In meinem Garten könnten Rosen sich entfalten
daß mein König durch den Duft geleitet wird
meine Stimme lockt ihn her
beinah vergessene Lieder
erkennt er wieder
die haben sich dereinst zu ihm verirrt

fern von seinem Schloß
fern der Freunde Troß
Sehnsucht wird ihn schon tragen
er muß nur nach der guten Hexe fragen

Es war einmal
und wird so sein
am Tage Irgendwann
weil wir nicht gestorben sind
leben wir einander
wie Duft und Lied und Wind

Welch eine bittere Landschaft
kann so ein Abend sein
wie schroff sind die Übergänge
der Mond scheint so sonderklein

Die Lieder sogar wolln nicht klingen
jeder Schritt geht vorbei
wird keiner ein Blümelein bringen
ich bin jedem einerlei

Welch eine bittere Landschaft
hab ich mir da gemacht
kein Halm wächst, kein Lied steigt zum Troste
für wen leb ich diese Nacht

Wer eilt nun her, um zu bleiben
gibt, was ich selber nicht gab
Frau Nachtigall könnte nicht heilen
was ich alls verwundet hab

Welch eine bittere Landschaft
arm, ohne Salz und Brot
und müßte und müßte nicht dorren
die Not kommt aus meiner Not

Sie liebten sich als Kinder schon
teilten jedes kleine Leid
die Leute sprachen früh davon
hier finden sie nicht Brot noch Lohn

doch einen Frühling hatten sie
den grünen Sommer obendrein
er ging ihr zu früh
doch es mußte sein
verlassen wollten sie sich nie

das Leben weit von ihr war schwer
zu Hause tat das Warten weh
erst schrieb er viel, dann war er wer
das alte Lied heißt nimmermehr

er kehrte heim, doch nicht allein
sie zeigte ihm ihr erstes Kind
das war nicht mehr klein
war, wie Kinder sind
hätt können eins von ihnen sein

das gab es früher auch
dann war's Vergangenheit
nun ist es wieder Brauch
in dieser reichen neuen Zeit

Gott, du ermahnst uns
mit sonderbaren Jahreszeiten
als wär unser unverständiger Sinn
noch bereit, sich zu wandeln
zu heiß, zu kalt, zu leuchtend
unbeständig, schwankend
verdorrend, versickernd
die Vögel kehren wieder, unerwartet
hauen ab zu früh
dumm gucken wir ihnen entgegen, oder hinterher
ungerüstet wie die Betreter der Arche sind wir
im Hirn brennen die Bilder der Boys
die sind müde, gefährlich, heimwehkrank
fürchten sich
schneller Sieg macht langen Krieg

Immer sind dic Überfallenen rasend vor Zorn
todesmutig gegen Usurpatoren
der GI wollte einen Job, ein Studium für umsonst
falls er überlebt

der Pfarrer und der Parteisekretär
haben es prophezeit vorher
nun erhoffen wir uns einen sachten Winter
prächtigen Frühling
und bessere Nachrichten
für die Kinder, die Enkel
Die Alten sagen
das Jahr holt sich immer wieder ein
mehr wissen sie nicht
und das hat auch nie gestimmt

Wer an sein Hasenherz nicht glaubt
der wird sein Löwenherz nie kennenlernen
in meiner Brust sind die beiden sich nahe
wer nicht verlassen kann
wo Sinn fehlt, zu bleiben
wird später gehn und grausam sein
ich fang an, aus Niederlagen meines Lebens
soviel zu holen
wie aus jedem Beginn

Weiber wie wir wurden früher geköpft
mit unserm sündhaften Lachen
unsrer Zärtlichkeit fehlt oft gesunder Eigennutz
schön wärn längere Krallen zum Schutz

die wolln wir auch nicht stumpf
wir brauchen sie für unsre Brut
die sanfte Schwalbe sogar
schützt ihre Jungen bei Gefahr
der täten schärfre auch gut

Der Kerl hat uns geliebt für einen Augenblick
und wünscht uns schon auf den Besen zurück
oder will was nettes, scheues
jedenfalls ganz andres, neues …

du sagst, wir dürfen ihnen nicht trauen
die sind immer beim Bombenbauen
Was für eine teure Himmelsleiter
also Weiber, machen wir weiter

Wenn du eine Katze siehst
dann streichle sie von mir
falls sie Hunger hat
mach sie für mich satt
das kleine Biest
ist manchmal ein sanftes Tier

wenn du eine Katze siehst
erzähl ihr was von mir
aber nur nicht laut
und nicht zu vertraut
geh's langsam an
du bist ihr ein fremder Mann

sie rührt sich nicht von der Stelle
wenn sie das grade mag
doch schneller als jede Welle
ist der Platz leer, auf dem sie grad lag

das mußt du verstehn
wenn eine Katze gehn will, wird sie gehn

wenn du eine Katze siehst
dann gib ihr erst mal Zeit
falls du traurig bist
weil du mich vermißt
das tut ihr leid
ihr Blick wird dann ganz weit

sie rührt sich nicht von der Stelle
wenn sie dich grade mag
dein Dunkel wird warme Helle
du spürst sachter des Herzens Schlag

wenn du eine Katze siehst
gewinne sie für dich
und liebe mich

Alle die vergeblichen Beginne
oft ein Fest für sieben Sinne
soviel hinterlassne Spur
niemals Irrtum nur
Abschied, immer dieser herbe
viel mehr werd ich nicht erinnern
wenn ich sterbe

Die Fische singen
und weil ich liebe
ist das Wasser halb so naß

Die Sterne tanzen
und weil ich liebe
seh ich das

weil ich dich liebe
ahn ich, was noch werden kann
und zieh mich aus für dich
und zieh mich für dich an

die Fische singen
die Sterne tanzen
das Wasser trägt mich
ich liebe dich

die Leute sagen
wer auf Liebe sich verlassen will
wird bald verlassen sein
seid alle mal paar Jahre still

Träum mich noch einmal
noch einmal laß sein das
Schöne der Erwartung
alles vor uns und wir noch frei
von Schuld, aber ohne Unschuld
nicht eine der Kostbarkeiten soll erläßlich
alles Wahre gewesen sein
aber versteh meine Trauer
der Regen fiel von oben nach unten
auch bei uns

Du und ich
Mann und Frau
wie Rose und Pfau
sind wir der Erde nur eine Art
und decken uns mit der Schöpfung den Tisch
als hätte sie uns wer
zum Verzehr
vorgesetzt
die einzige Art, die sich überfrißt
und andern ohne Not
feindlich ist

als ob diese Erde
unerschöpflich bleibt
obgleich es uns unaufhaltsam
zum Untergang treibt

als ob Zeit
nur Vergänglichkeit wär
In all dem
Stirb und Werde
sind wir der Erde
schon lange zu schwer

jeden Tag schießt ein
Pilz aus ihrem Leib
ohne uns Ruhe zu gönnen
spieln wir mit dem
was wir können
tödlicher Zeitvertreib

Ich erfahre aus der Zeitung
zuviel Gift
ich erfahre aus deinen Augen
wie viele Ängste wir teilen
ich erfahre deine Nähe
das gibt mir Zuversicht
nie ein Drüber, nicht einmal scheinbar
auch kein tröstendes Draußen
solln die doch machen, das geht ja nicht

manchmal umarmst du mich
als wärn wir jung
hätten das meiste noch vor uns
die große Einmischung zum Beispiel
und das Hirn für einen Plan
alle und uns zu retten

Üppiger Frühling ist es geworden
den Bäumen ähnlich bleibt zu hoffen
alles ist offen

mancherlei Sehnsucht könnte entbrennen
doch hüten wir uns
manches käme lächerlich zu spät
das macht auch betroffen
obwohl: alles ist offen

nicht offen wie ein Scheunentor
oder wie ein schwächliches Herz
in der Natur kommt vieles wieder
und fast alles vor
so wie in dir und mir

wir sind immer noch hier
manchmal fast wie im Vormärz
von Lust und Widerspruch wie besoffen
alles ist offen

Ich wollte dich lieben
aber doch
immer ich selber bleiben
nicht zu dir aufsehn
nie in dir aufgehn
die Gefühle nicht übertreiben

mit der Zeit
wächst dann doch was zusammen
teilt man erst Leiden
teilt man auch Freuden
das kommt dann schon nahe den Flammen

ich wollte dich lieben
aber doch
andres für möglich halten
nicht alles finden
nicht alles binden
immer auch offen
für ganz andre schöne Gewalten

ich wollte dich lieben
aber mich
habe ich ernst genommen
wollte nicht brennen
mußte erkennen
ich hätt dich beinah nicht bekommen

Ich versteh dich schon
aber der Wind weht
Maiglöckchenduft heran
ich will dir nicht drohn
ich versteh dich schon

aber der Baum bricht aus
in jede Art von Grün
und dann dein besondrer Blick
ich will dir nicht drohn
ich versteh dich schon

ich versteh
daß deine Worte
nicht sehr viel besagen
oder auch gar nichts
ich weiß nicht, ob du weißt
daß ein trauriges Wort
„zu spät“ oder „das war es dann“ heißt

der Frühling wagt
eh er Vergänglichkeit beklagt
er tut, auch wenn er eigentlich nicht darf
das macht uns im Frühling so scharf

was deine Worte sagen
wär zu zweit leichter zu tragen

kann sein, daß ein leeres Herz leicht was findet
sich im Frühling unverhofft bindet
das wär ein wunderbarer Lohn
ich will dir nicht drohn
du verstehst mich schon

In der Mitte meines Herzens
denk ich mir zwei Blüten
daß ich etwas Zartes hätte
um es zu behüten

kein Seidnes zum Erben
kann alles verderben
aus Atem die Fäden
bewegen sich beim Reden

in der Mitte meines Herzens
liegen schroffe Steine
oft im Traum, wenn ich drauf falle
wach ich auf und weine

viel Kanten und Ecken
die werden nie runder
wie soll ich die verstecken
da hilft nur ein Wunder

in der Mitte meines Herzens
spür ich oft beklommen
dorthin ist das ganze Leben
nun durch dich gekommen

In einem bösen Traum
hab ich dich verloren
in einem bösen Traum
warst du nicht für mich geboren

und alles andre war da
das Meer, dieser Himmel, der Wald
doch alles blieb Stein, was ich sah
und was ich berührte, blieb kalt

in einem bösen Traum
hast du mich verlassen
in einem bösen Traum
konnt ich dich wohl sehn, doch nicht fassen

und alles andre war da
die Freunde, die Tiere, das Kind
die Sterne sogar waren nah
doch ich war vor Trauer wie blind

in einem bösen Traum
in dem wir uns fanden
in einem bösen Traum
hab ich dich zu wenig verstanden

und alles andere doch
das sah ich, verstand ich wie nie
die Träume hab ich manchmal noch
die hab ich noch, grade die

Meinen eigenen Namen
hol ich mir wieder
und die ich war
vor dir

ich hab nie geheult mit den Wölfen
aber getanzt mit den Elfen
am Weiher um Mitternacht

an den Weihern
tanzten wir in dünnen Schleiern
eine sang ein Liebesgedicht
du glaubst mir nicht
es war aber wunderbar

meine eigenen Träume
hol ich mir wieder
und was ich war
vor dir

ich stand vor dem Berg mit den Schätzen
niemand dort wollt mich verletzen
am Weiher um Mitternacht

in den Höhlen
lagen funkelnde Juwelen
alle Farben gabs, jedes Licht
du glaubst mir nicht
es war aber wunderbar

an den Weihern
wäre vieles noch zu feiern
Zaubervers und Liebesgedicht
du glaubst mir nicht
es wird aber wunderbar

Weit in meinem Leben
kam er daher
tragend an Wunden und Reue
der anders behaarte
gewappnet männlich hinter seinem
länglichen Vortrag
Aber so ein eindringlicher Blick
die große Zehe schön geformt
setzt er seinen Fuß auf mein Land

seine Hände haben geheilt
seine Worte mir manches nachgeholt
er machte mich stärker
daß ich endlich zu Ende geboren war

die eigne Seele ändert er wie ich die meine
so haben wir zum Bleiben
und gehen gemeinsam dem Ende zu

Das ist ein alter Traum
jemand sein
über den ein andrer
unter Tränen lacht
der einen Menschen
für Augenblicke
weniger traurig macht

ein alter Traum
jemand sein
der die Worte findet
die dem andern fehln
einfache Sätze
fürs erste, solche
die für ihn zähln

Das ist ein alter Traum
jemand sein
über den ein andrer
in der Not so denkt
oder wenn's schön ist
für Augenblicke
einem ein Lächeln schenkt

Hier
waren wir zu zweit
nie kommt solche Zeit
jemals wieder

hier sollte ich nicht her
denn du warst ja der
immer wieder

hier vor diesen schmalen Fenstern
hab ich Ängste abgestreift
zwischen diesen engen Wänden
bin ich über Nacht gereift

zwischen diesen beiden Bäumen
hat er mich an dich verlorn
damals über kahlen Sträuchern
hab ich mir das zugeschworn

zwischen Tag und frühem Abend
ließen wir uns darauf ein
fieln die Kleider, fieln die Tränen
kam der Regen zu uns rein

Hier vor diesen kahlen Wänden
fiel mir dann kein Wort mehr ein
dachte, wenn sie uns hier fänden
lassen wir sie halt herein

Sturm hat jene Nacht geweckt
den Himmel aufgedeckt
die Flüsse sahen aus wie Blei
grade da
trafen sich die zwei

nichts hat er von ihr gewußt
niemand sagte ihr
wer er wohl sei
höre ich von Lust
naht ein Sturm
denk ich an die zwei

Sturm hat jene Nacht gejagt
doch den beiden stand
die Erde still
haben nicht gefragt
was daraus werden will

unbekanntes Licht
hat jene Nacht erhellt
was dem Sturm sich stellt
das kriegt er nicht

Ich hätt so gerne noch einmal
an einem Mittwoch im April
unsre Schönhauser aufgesucht
was immer ich dort finden will
sie war doch in mir abgebucht

da ich nun weit gekommen bin
so schwer ich mich auch eingewöhn
dort war mein Frühling, war April
und vor dem Mittwoch war er schön

es war zwar nie sehr angenehm
zu wenig Grün, auch nie ganz still
der Himmel nur ein schmaler Streif
aus offnen Fenstern klang es schrill
auch an dem Mittwoch im April

etwas von mir kam durch dich abhanden
etwas von mir hast du nie verstanden
ich wollte fort
und etwas von mir blieb dort

da gabs die Kneipe übern Damm
mit gleichen Speisen jeden Tag
so billig aß ich niemals mehr
du sagtest leise Overkill
als ich dir sagte, was ich will

ich hätt so gerne noch einmal
daß wir so traurig sind und still
daß ich dir alles sagen kann
und es im Grunde gar nicht will
nur einmal noch den Mittwoch im April

Wenn zwei nicht dasselbe meinen
nur scheinbar das gleiche tun
das reicht für keinen
ich weiß das nun

wenn zwei nicht Ähnliches träumen
neben scheinbar ganz reichem Feld
kein Halm, der da hält
leicht, alles abzuräumen

wenn zwei nicht dasselbe meinen
bei scheinbar gleichem Bemühn
da wird ihnen gar nichts blühn
zwischen munter begossenen Steinen

Man sagt mir
daß du tot bist
daran ist entsetzlich Wahres
aber ein Gedanke vor dir
schwingt mir noch ärgerlich durchs Hirn
für einen wichtigen Satz zu mir
unterblieb mein Widerspruch
Wo bist du
unruhvoller Zweifler
beharrender Widerständler
guter schwieriger Gefährte
Hier im Grünen bist du nicht

etwas von dir ist gestorben
ohne Abschied, wie bitterlich
andres von dir fängt in meinem Kopf
eben seltsam zu leben an

ich danke dir für die wunderbare
Übertreibung deiner Hoffnung

Machte der Himmel uns drohende Zeichen
hab ich auf der Spitze der Nadel getanzt
dachten wir denn, daß sich Abschiede gleichen
hast du endlich vorm Fenster den Baum gepflanzt

warn wir vielleicht beide gar nicht zu Hause
hielt ich dich eng und verzweifelt im Arm
hatte der leise Krieg grad eine Pause
was machte mir deinen Blick so warm
war in uns vorher ein Aufblühn von Hoffnung
wollt ich dir sagen verzeih verzeih

kam es, als wir eben friedlich beim Tee warn
lagen wir uns klärend in den Haarn
war es, als ich dir leichtfertig wehtat
stand eine Rose von wem im Bad
sahen wir friedlich den Film Casablanca
hörten wir jenes as time goes by

als die Liebe in uns starb
als ich nicht mehr um sie warb

Gib nicht auf
wehre das Wort Einsamkeit ab
es riecht nach dem Flur im Arbeitsamt
nach frisch gedrucktem Formular
nach deinem Angstschweiß
und verstummtem Telefon

Gib nicht auf
aufgeben sieht aus
wie das Tanzkleid auf dem staubigen Bügel
wie die krummbeinigen Frauen
mit ihren schweren Alditüten
stehn bergan rum und geben sich recht
gegen die Ämter und alles wird teuer
man kann den Kindern nichts mehr zustecken
der Arzt verschreibt nichts
Sie sind eben alt, das tut weh und bezahlt mir keiner
aber den Kuchen verbieten, der junge Spund
Was hat man denn noch

Aufgeben ist zuerst nur ein Wort
aber das bleibt nicht so
Aufgeben wird zum gefräßigen Tier
schmatzt dich weg bei lebendigem Leib
laß das nicht zu
gib weiter, was du weißt
such dir den richtigen Bahnsteig
steig ein, fahr zu den andern
irgendwo sitzen die
essen Kuchen und wehren sich
gegen die Einsamkeit

Wo seid denn ihr
meine Briefe, Hefte
aufgespießte Schmetterlinge
zwei drei aufbewahrte Dinge
erste Verse, Krikelkrakel
und Freunde
keine verschworne Gemeinde

Wo bist du
Rotschopf mit Sommersprossen
und dem unpassenden Lachen
um dich hat eine Tränen vergossen
da konnte sie nichts gegen machen

wo seid denn ihr
meine aufgeschriebnen Heimlichkeiten
keine solchen, die uns weit begleiten
aber Sehnsucht, böse Schwüre
und die verschworne Gemeinde
das warn nur ebenso verdruckste Feinde

alle Fragen von damals sind offen geblieben
keiner von uns wurde geliebt
und keiner lernte damals lieben

Der Wind singt
schön wars
und Kehr wieder singt der Wind

der Wind sagt
nie mehr
kalte Wörter singt der Wind

deine Finger
deine Lippen
deine Haare
friern im Wind
könnt sie wärmen
könnt sie streicheln
friere selber wie als Kind

der Wind geht
lautlos
schwer von Wärme geht der Wind

der Wind schwieg
gradso
als du fortgegangen bist

der Wind sang
seither
so nie wieder
so nie mehr

Aber einmal doch
hab ich so geliebt
so sehr geliebt
bin beinahe untergetaucht
in einem warmen See
den es nur für die Liebenden gibt

ich wollt nur noch das
diesen einen Mann
so ist es nie gewesen
so schön nie und nie so schwer
er konnte ganz leicht in mir lesen

Ach, ich weiß nicht mehr
wer gab mehr von sich her
wer gab damals nach
als Adam mit Eva sprach

so ist die Liebe nicht immer
manche erfährt sie so nie
dann treibt sie kaum aus dem Zimmer
und bleibt nur Phantasie

hätt ich das nie erfahren
was wär's, was ich fest glaub
heut noch, nach all diesen Jahren
liegt auf den Bildern kein Staub

Jenes eine Mal
hab ich so geliebt
so sehr geliebt
bin beinah untergetaucht
in einem warmen See
den es nur für die Liebenden gibt

Bewahr mir ein Erinnern
wie einen Lebenskuß
so bleib ich in der Nähe
auch wenn ich fortgehn muß

Erzähl von mir mit Lachen
so waren wir doch einst
erzähl die tollsten Sachen
auch wenn du nachher weinst

Ich zeigte mich dir her
auch welk gelebtes
sonst geschickt verborgen
in manchem war ich zu schwach
besser für mich zu sorgen
klingt sentimental, aber so ungefähr

Sammelsurium, trockne Rosenblätter
kaum ein halbes Wissen
du gucktest unters Kissen
mein Krummes geriet in Wetter

Endlich tun oder verlassen
ich hatte keine Wahl
so hörte ich auf, mir
leid zu tun und mich zu hassen

Als am Abend sich der Fluß
mit einer dunklen Haut bezog
als am Himmel hoch ein Stück vom Stern
ins Unbekannte flog
als er mich das erste Mal
so leichtfertig belog
weil es ihm zu mühsam wurde
wie er mich betrog

aber dann hat sich der Fluß
mit feinem Nebelgrau bedeckt
und ich dachte, daß wir schweigen, weil
viel mehr dahinter steckt
er hat mich wie sonst geneckt
die Hoffnungen geweckt
und ich dachte, ich bin schwierig, er ist heil

aber dann hat sich der Fluß
vorm Schlag des Windes aufgebäumt
als ich mich im Spiegel ansah
war zu vieles lang versäumt
was geblüht hat, war verblichen
Liebe lang schon ausgeträumt
auch das Zimmer war mir ausgeräumt

Da hab ich gewußt
wie es andern Frauen geht
wenn man alles weiß
und doch wie angenagelt steht

Ich habe Angst
daß ich mich an mich gewöhne
ein Gesicht mache, wenn ich draußen bin
das Messer anders halte
schriller werde in der Stimme, wieder
bedeutend sein will
vergesse, wie es andern geht
die den Pfennig umdrehn, keine Wohnung haben
nicht geliebt sind, um die sich niemand reißt
so ging es mir und sobald ich's vergesse
wird es mir wieder so gehn

Nie wieder so ein Spiel
nie wieder ohne Gefühl
nie mehr das Wasser ist zu tief
nie mehr so naiv

nie wieder so ein Streit
nie mehr, was keiner verzeiht
nie mehr ein Sieg um jeden Preis
eine Strecke im Kreis

nie wieder so bankrott
nie wieder kalter Spott
nie mehr ich weise dich ab
weil ich Beßres hab

nie wieder tun als ob
nie mehr einander so grob
nie mehr dem andern zu laut
während keins sich selber vertraut

Alles kehrt wieder
im Garten der Flieder
die Rosen am Tor
alles kehrt wieder
bricht erstaunlich hervor

alles kehrt wieder
auf Wassern
im Schnee
an Himmeln
auf Ästen
als Wohl oder Weh

alles kehrt wieder
steigt auf und fällt nieder
doch ach, niemals wir
wir sind nur einmal hier

alles kehrt wieder
in Träumen
als Bild
im Vers
uralter Brauch
auf scheinbar erfrorenem Strauch

alles kehrt wieder
Tanz oder Lieder
am Morgen das Licht
alles kehrt wieder
doch nie unser junges Gesicht

Was gewesen ist, erinnert
nichts nimmt sich aus
das lagert in Adern und
strömt durchs Gehirn
man kommt ja doch nur hinweg
über Dinge
um das man hätt gar nicht erst
trauern solln

O nein, ich werd nicht schmeißen
mag auch der Vorhang reißen
aus Eisen oder Tüll
mit ein paar andern Narren
zieh ich denselben Karren
trotz mancherlei Gebrüll

ich grüße euch, ihr Schwestern
denkt nicht zu bös von gestern
kein Zorn und kein Altar
die Arbeit und die Kinder
dankt euch das heut nicht minder
weil's unser Leben war

legt euch, ihr Schwestern, Brüder
in alter Unschuld nieder
gönnt euch den Abendhauch

streckt eure müden Glieder
erhebt euch morgen wieder
helft dann dem armen Nachbarn auch

Wenn mir nur noch eine Weile
eine kleine bliebe
was wird dann aus all der Eile
was wär mit der Liebe

Such ich Landschaft, nie gesehen
wo die Zaubrer geigen
würde ich um Aufschub flehen
oder ängstlich schweigen

würd ich Brot und alles teilen
ohne nachzuzählen
oder mir in aller Ruhe
einen Apfel schälen

wer könnte mich vermissen
käme mir hinterher
das will ich gar nicht wissen
erfahr es auch nicht mehr

wenn mir nur noch eine Weile
eine kleine bliebe
wend ich sie ganz ohne Eile
nur an meine Liebe

Die Erde nimmt den Winter hin
geht blühend draus hervor
ich seh, wie ich geworden bin
was immer ich verlor

ich hab mir Wärme gut verstaut
vor Wettern, spitz und scharf
die Erde tut, wie meine Haut
sich auf nur, wenn sie darf

doch trittst du eisig mir zu nah
bedeck ich mich mit Schnee
vom Winter, der mir so geschah
tut mir das Herz noch weh

Komm, wir wolln schlafende Hunde wecken
oder vielleicht eine Nachtigall
komm, wir werden uns gut verstecken
wenn ich zu dir hin ins Dunkle fall

Komm, wir wollen zusammen liegen
nahe, ganz nah, Mund bei Mund, Hand bei Hand
lass uns zusammen den Mond überfliegen
bringen wir uns beide um den Verstand

Komm, wir wolln keinem als uns gehören
komm und vergrab dich in meinem Haar
fern bleibt der Alltag, nichts andres darf stören
wenn ich mit dir hin zur Hölle fahr

Komm, laß uns lieben, es geht ums Leben
glauben wir beide noch einmal dran
mögen wir uns tolldreist überheben
wenn du mich hältst, land ich wo immer an

Ich hab zu ihr gesagt
nimm dir den doch
schwing dich auf ihn rauf
und reite los
sie hatte Bedenken
wollte ihm erst noch Gedichte schenken
ich dachte, sie ist die alte kalte
Zicke aus der Schule
aber haben wollte sie ihn, unbedingt

ich sagte, mach ein Geheimnis aus dir
und tanz ihm als Mata Hari vor der Nase rum
bis er anfängt, das Rätsel zu knacken
sie meinte, man kennt nicht seine Macken
und ihre Krone hat auch nur vier Zacken
drei sind leicht verschenkt
so daß man eben sehr an der vierten hängt
er muß sie schon von sich aus entdecken
das muß er, Männer werden leicht Zecken

ich dachte, Gott, nehm ich einen Zaunspfahl
geb ich ihm den Wink
die sitzt mir zu oft lamentierend beim Drink

Und da war er dann und da war ich
und die Musi spielte dazu
sie war ja nicht da, die dumme Kuh
er hat so geredet, was er macht und machen will
und gemacht hat und wie er so denkt, wie's wird
und dann hat er gelacht und gesagt
daß er wenig weiß und sich meistens irrt
na ja, und dann brauchten wir
ja auch nicht weiter die Welt zu verändern
der Morgen hat sich gezeigt, mit schmalen Rändern
ich hatte schon ein schlechtes Gewissen
aber dann holte ich das verbannte zweite Kissen
ließ ihn finden und mich ihn entdecken
und er hat mich nur noch gebeten
ihn immer pünktlich zu wecken

Mein Herz ist noch immer
offen für das meiste
für Freunde
bei denen ich mir Hoffnung leiste
noch immer für einen Beginn
Treue und lange Dauer

streckt es mich hin
steh ich wieder auf
auch wenn ich erst unsicherer lauf

nur nicht sein wie kurz vorm Ende
sondern wie in goldner Mitte
kein Anspruch auf Liebe
aber was noch zählt ist dies Bemühn
ist diese Bitte

Manchmal geb ich mich hin
wirklich, ganz und gar
er denkt nicht etwa
das bleibt jetzt so
fürs ganze übrige Jahr
aber vielleicht bis übermorgen
ist sie so eine
kleine abgerackerte Maus
spätestens dann
zündelt sie wieder
und denkt sich
im 25. Stock vom Hochhaus
das nächste für alle aus

Nur nicht zu Weihnachten leben
mit einem, den man nicht mehr liebt
das läßt träumen von einer Liebe
die es noch nicht gibt
den Abend nicht wundersam teilen
nur bemüht, die Zeit hinzubringen
da läßt sich nichts erzwingen
wichtiger als die Geschenke
ist der, an den ich denke
sonst tut alles weh
sogar der weiche Schnee

Wenn die Wetter uns warnen
was können denn sie dafür
wie gut wir die Ängste tarnen
und sichern die eigene Tür

was für ein wunderbarer Stern
hat uns lange geduldet
doch die Kindheit, die Liebe
wie retten wir die
da reicht keine Phantasie
ertappte verlegene Diebe
im scheinbar sicheren Haus
reden sich raus

Jedes Sein und Werde
verludert in Gier und Trott
retten wir nicht diese Erde
hilft uns kein Gott

wie auf dem Feld ein Stein
für ewig und allein
so darf kein Leben
kein Leben
so darf kein Leben sein

noch ist es unser Paradies
das uns bisher
gut leben ließ

Nicht, daß ich meine Brote eß
und würze sie mit Tränen
doch seltner, daß ich ganz vergeß
auch Ängste zu erwähnen

ich frag mich, soll das alles sein
so scheinbar stark und munter
sich tapfer täglich einzureihn
nie hinten und nie drunter

Ja, gib dich voll von Lebensgier
laß alle Säfte steigen
vorm Fressen muß auch jedes Tier
dem andern Waffen zeigen

den innern Frieden gibt's jetzt nicht
ich werd ihn nicht mehr kriegen
darf ich nicht friedlich gehn
so lern ich halt
zu schwimmen und zu fliegen

Zurückgekehrt bin ich zu einem

den ich nicht mehr liebe
und verließ um seinetwillen
den ich nicht aufhören kann zu lieben

Krank vor Heimweh bleibe ich

Angefüllt bin zum Hals mit Gleichgültigkeit
und schlimmeren Gefühlen
versuche ich zu töten
was in mir lebt
und sich nicht töten läßt

Nun fragt mich der den ich nicht mehr liebe

warum ich seine Nähe nicht suche
nicht aufleuchte, wenn er kommt
warum ich die Hand auf meiner Schulter
nicht ertragen kann

ich müßte sagen:

Meine Lippen schließen sich von selber
meine Sätze sind spindeldürr
die Arme hängen mir herunter
ich weiß keine Geste der Liebe mehr

Aber ich sage es nicht

Linkisch stehe ich vor jedem Ansturm
und flüchte mich in Grausamkeit
bei dem zu sein, den ich nicht mehr liebe
macht mich hungrig und böse

Er verließ mich vor dem Morgen
so ein Abschied macht alt
er hielt seine Blicke verborgen
tat nur eilig und kalt

was fang ich da mit mir an

Irgendwo mag eine weinen
die am Nachmittag lacht
aber ich erwarte keinen
der mich fröhlicher macht

was fang ich da mit mir an

Irgendwo mags eine geben
die sich schön macht für ihn
Liebe reicht nicht immer fürs Leben
meine ist nicht gediehn

was fang ich da mit mir an

Ich geh barfuß durch ein Feuer
aber komm mir nach
mach Gewöhnliches uns teuer
aber komm mir nach

Laß mich sacht von Schnee bedecken
aber komm mir nach
werd mich vor der Welt verstecken
aber komm mir nach

ich will weich sein wie der Regen
aber tu's mir nach
ich verschaff uns allen Segen
aber tu´s mir nach

Ich bekenne mich zu Schwächen
aber tus mir nach
geh auf unbekannte Flächen
aber komm mir nach

Treib mich über meine Ränder
aber komm mir nach
sieh, wie viel ich an mir änder'
aber tu's mir nach

Ein bißchen Dunkel war
als sie sanft nach ihm suchte
er war für ihre Hand zu weit
sie lag ganz still
und eh er fluchte
tat sie ihm unerwartet leid

er sah auf einmal ihre blassen kleinen Füße
sie rauchte nicht und war mit'mal nicht laut
die Linien ihres Leibes ohne Süße
und doch, als wär sie nichts
als verletzbare Haut

und erste Zeichen
daß sie so jung nicht war, wie sie sich gab
nun ohne Lügen und
obwohl sie weine
daß dies nichts über ihn zu sagen hab

Er weiß nicht, Narben
sie hatte keine, glaubt er, weiß es auch nicht mehr
weiß nur, es waren
zarter alle ihre Farben
und wie ein Himmel drüber
ihr ungläubiges Gesicht

ein bißchen Dunkel war
als er sie an sich drückte
als fänd er darin Seligkeit
er wollte, daß es sie entzückte
und wollte weg die ganze Zeit

sie sagte statt der dummen Phrasen
nur Wörter, und die klangen wahr und rauh
sie sog die Luft tief wie von grünem Rasen
und sah ihn an, sah sich
eine fremde nahe Frau

es war nicht Liebe
war auch nicht Begierde
was war es dann
sie war allein, er auch
da war sie Frau, da war er Mann

ich weiß nicht, was dann
sie hat da wenig über sich
sagt er, erzählt
hat nichts erfunden
irgendeinen Traummann
und doch verschwanden Fältchen
im schlaftrunkenen Gesicht

Ein bißchen Dunkel war
als sie die Augen schlossen
nun doch ganz nah und Hand in Hand
fern Meer und Gossen
ist eine kleine Fackel da entbrannt

Zwei gehn durch die Stadt
sie liebt ihn, er hat sie satt
im Mondlicht glitzern ihre sanften Augen
von unterdrückten Tränen beinah hart
da weiß er wieder, wie's mit ihnen angefangen hat
wie er sie haben wollte um jeden Preis
und den ersten Kuß, die erste Nacht

was er auf einmal wieder weiß
hat das Blatt für ihn gewendet
er holt sich ihre Hand
doch sie läßt ihm ihre Finger nicht
und die Blicke, die er sendet
finden ein andres Gesicht
eine Stimme, schwach noch
sagt, es hat sich nicht gelohnt
nichts Neues unterm Mond

zwei gehn durch die Stadt
er liebt sie
sie hat ihn satt

Ich hab keinen Freund
der es gut mit mir meint
ich hab auch kein Klavier
also schreibe ich dir
grad vier Wände aus Stein
drin fürcht ich mich allein
habe Wünsche, ganz wild
und vor mir dein Bild

Ringsum Wälder, sehr tief
wo ich nie mit dir schlief
die gehörn auch nicht mir
doch ich schenkte sie dir
wie den Mond und die Maus
du trugst alles hinaus
und verstecktest es wo
wir warn lustig, nicht froh

ach, ich will dir trotzdem danken
daß du hier gewesen bist
weil die Wände seither wanken
und nicht eins wie früher ist

Ich hab altes Brot hier
und ein Schild an der Tür
nur noch eins, nicht mehr deins
doch n Zettel dafür
„bin wahrscheinlich nicht hier“
du verstehst das sofort
für dich hängt er ja dort
doch du willst nichts von mir

ach, ich will dir trotzdem danken
weil ich nun mehr von mir weiß
man kann sich um alles zanken
doch du warst ein hoher Preis

In der Dunkelheit ruhten die Rabatten
in der Dunkelheit verflochten sich die Schatten
in der Dunkelheit kamst du
zu dieser Frau, die ich halt bin
ich nahm dich wieder hin

In der Dunkelheit beleben sich Laternen
in der Dunkelheit schwärmst du von deinen Sternen
in der Dunkelheit versprachst du mir
was immer ich nur will
da war ich wieder still

In der Dunkelheit bewegen sich die Diebe
in der Dunkelheit verschönert sich die Liebe
in der Dunkelheit guckst du
als ob ein großes Glück beginnt
und ich tat wieder blind

In den Dunkelheiten wuchsen mir Gefieder
in den Dunkelheiten paßten alle Lieder
in der Dunkelheit warst du so derb
ich glaubte nicht an dich
und fiel doch immer wieder rein auf mich

Ich wollte nicht essen
ohne dich
in so einer großen Stadt
zwei leere Teller
für dich der und
einer mir
du hast nach Bulette geduftet
weil dein Chef
euch erklärt hat
wie Marx recht hatte
mit seinen Nebensätzen zur Familie

ich hab gesagt, besonders zu Lenchen Demuth
du hast müde abgewinkt
weil ich im Gemeinplatz wühlte
und dein Gesicht war grau
von erwiesener Courage vor Ort

ich habe mich sehr geschämt
wenn du nicht so lang wärst
könnten wir zusammen in die Badewanne
aber doch nicht in der Platte
seit dreißig Jahren nicht
schon du alleine, da stehn deine Knie hoch
drück ich mich beiseite
und denk mir was andres Schönes aus
wie immer, wenn ich die Klappe nicht halten konnte

Ich treffe den, der mich geliebt hat über Jahre
und Jahre ist es her seitdem
Händedruck und Kuß auf beide Wangen
wie ist es dir ergangen, bist du mir noch böse
ich merke, er weiß es nicht mehr so genau
warum wir uns liebten und ob überhaupt
und wer da schließlich wen an Land stieß
ich sage: Vergeben und vergessen
und mache mich beseligt aus dem Staub

Fort von einem, der von einer andern kam
und mich weckte, um sich genießerisch anzuklagen
fort von einem, der mir ein Lachen mißgönnte
und einen neuen Tanz
der mich abschob, wenn ich fror
der mich lobte, wie man eine Idiotin lobt
der mich düster anstarrte, wenn er mich schön fand
weil es ihn gefährdete
alles gefährdete ihn immer
meine Worte, meine Gedanken, meine Brüste
fort von einem, der mir die Kinder überließ
und die Kohlen im Keller
und die Mahlzeiten viermal am Tag
und Krankheit und Schularbeit
und das alles war nichts, war Elfenreigen
die blanke Mühelosigkeit
gemessen an seiner Seele, die gefüttert, gepäppelt
gelobt, geschont und gefordert werden wollte

Dazu war nötig: meine Frische am Morgen
meine Ausdauer am Mittag
mein Leisesein am Nachmittag und meine
rechtzeitige Müdigkeit am Abend
wenn er forsch aus dem Haus schritt
zu wichtigen Terminen mit Wein in der Aktentasche
und Schokolade unterm Mantel
in frischen Socken, duftend nach For Men

wie schön, dich mal zu treffen
den Rest des Abends tanze ich ums Feuer

Ich geb meiner Liebe nicht Namen wie Feuer
Gewalt ist genügend, die schlägt und verschlingt
ich bin kein Ungeheuer
das Verderbnisse bringt

ich biete kaum Grund, mich so zu betrachten
als wär ich besonders, man lerne von mir
mein Weg war nicht leicht, gibt nichts zu verachten
willst du was hörn, erzähl ich es dir

am längsten gebraucht hab ich, wirklich zu lieben
die Kindheit, die Jugend hat drohend gemahnt
was Leute so fühlten, ich fands übertrieben
und habs doch gewollt und für mich geahnt

wir kommen zur Welt als schöne Entwürfe
dann werden wir ärmer, als Frauen zumal
und wenn ich's aus Stein grab, vom Grunde mir schürfe
es gibt das Gran Gold, nicht nur Schwerter aus Stahl

Als ich sang
wie mir zumute war
griff er mir ins Haar
fragte, woher meine Schwere käme
ob ich mich denn meines Glückes schäme
ich sagte, nein
es muß wohl was anderes sein

Als ich ihm
zuliebe selig sang
nur mit hellem Klang
fragte er, warum ich dauernd singe
wohl, weil ihm gerade nichts gelinge
ich sagte, nein
es muß wohl was anderes sein

Als ich dann
wie stumm geworden bin
lauschte er wohl hin
meint, ich wär ihm lieber, wenn ich singe
oder bin ich krank um seine Dinge
ich sagte, nein
es muß wohl ein anderer sein

der läßt mich singen
wie ich bin
der hört nicht immer
eifernd hin
und manchmal singt er selber falsch und laut
ich lach und fühl mich wohl in meiner Haut
du aber vergib mir, wie ich bin
und geh woanders hin

Du hast sie im Juni umworben
im Juli beinahe geliebt
dann bist du für sie gestorben
obwohl's Schöne wie dich selten gibt

du hast dich auf einmal verändert
warst düster und abgelenkt
die Zettel von dir schwarz gerändert
nur Blumen hast du noch geschenkt

du eiltest ihr nicht mehr entgegen
dein freundlicher Blick trübte sich
du küßtest sie nur noch verlegen
was sollte das, fragte sie dich

dein Onkel hat mit dir gesprochen
worüber, genau weiß sie's nicht
der Zauber durch Fama zerbrochen
du sahst ihr nicht mal ins Gesicht

du meintest im Streit unumwunden
du glaubest an ihren Betrug
sie hat kein Wort gefunden
als deine Hand sie schlug

du hast sie im Juni umworben
im Juli beinahe geliebt
seitdem bist du für sie gestorben
obwohl's Schöne wie dich selten gibt

Liebe

All meine Bilder sind verbrannt
stehn ohne Glanz und Farbe
dies ist mein neues Unbekannt
wo ich zu wenig darbe

Den ich liebe
der hat zwei schlanke
schöne Füße
groß
die legt er mir bei gut Wetter
in den Schoß
eins wärmt das andre
oben reden wir über was anliegt

Mit solchen Füßen
kann man weit gehn
für jemand
lange Schritte tun
kann sich sputen
schöner Fuß
gehört zu den guten
aber wenn er ihn draufstellt
paßt drunter mein ganzes Herz

An Freunden ist geblieben
was jemals Freundschaft war
die andern hat's vertrieben
war nur ne kleine Schar

die tanzten dann um Kälber
und gern durchs Nadelöhr
die Kälber warn sie selber
das war ja ihr Malheur

Nun kommen manche wieder
ihr Schweigen war verfehlt
sie lassen sich gern nieder
weil Treue wieder zählt

wir müssten aber reden
was war, was könnte sein
mein Dank an beinah jeden
nicht unbedingt an Kain

Das war es nicht
ich ließ ihn bei mir liegen
ich hatte ihn in mir
kein Stöhnen wert
den Himmel schnitt
ein biegsam Kinderschwert

das war es nicht
doch mehr war nicht zu kriegen
wir warn nicht heiß genug
der Anlauf viel zu schwach
erst als er fort war
wurde meine Seele wach

Ich sagte, laß uns
noch einmal wie Fremde sein
langsame Wörter und einfaches Nein
eine Rose bring mir, ich ritz mich am Dorn
alles noch einmal von vorn
sonst wird zwischen den Kissen
jeder von beiden die ganze Zeit
alles nur über sich wissen

Eine Frau
die keiner liebt
ist wie ein Gedanke
den niemand weiß
oder eine Rose im Eis

eine Frau
die keiner liebt
ist wie ein unbewohnter Stern
ein schöner Apfel ohne Kern
oder ein Zug ohne Gleis

eine Frau
die keinen liebt
ist ein Versprechen, das nicht gilt
eine Chance ohne Ort
oder ein Vers ohne Wort

das ist so:
man schließt die Tür auf
keiner zu Hause, nur das Radio
ich kenne das, wie ich zum Fenster lauf
und denk mir aus, was ich alles machen darf
keinem ist was zu laut, zu heiß, zu falsch, zu scharf
und für einen verdammten Augenblick
nähme man das alles in Kauf

eine Frau
die gerade keiner liebt
ist immer kurz davor
einen Ehemaligen anzurufen
aber laß es, das sind gefährliche Kufen
der riecht schon an der Haustür die Lage
und gerade deswegen
kommt er als Letzter in Frage

Ein Spiel von Liebe und Tod
ist es nie gewesen
wir saßen im selben Boot
und konnten den Himmel nicht lesen

wir gingen auseinander
und sagten einfach: Mach's gut
ein andermal mit Tränen
beim dritten Mal mit Wut

wir trafen uns bald wieder
einander gänzlich neu
du trugst an andrer Liebe
ich war dir auch nicht treu

wir suchten wieder Anfang
und taten besonders klug
nur zeigte sich nach Tagen
noch längst nicht klug genug

es fand sich keine Lage
die gut für beide war
so sehr wir uns begehrten
wir kamen niemals klar

Ein Spiel von Liebe und Tod
ist es niemals gewesen
wir saßen im selben Boot
und konnten den Himmel nicht lesen

Ich liebe dich
wie aber
werde ich gerecht solchem Wort
das sein kann aus dem Urerwachen des Lebens
oder Fetzen eines Tanzes
den andere tanzen
ehe alle trunken und satt
und selig nicht etwa auch
nach Hause gehn, um sich nicht zu lieben
ich liebe dich, sieh mich an
Spuren von Umgang tragen unsere Gesichter
auch ich war nicht achtsam genug
ich liebe dich
daß ich Liebende nicht sehn kann, ohne
daß ich an uns denke und traurig werde
weil wir es nicht sind
teure und dumme Verse strömen mir durch den Sinn
unser Leben reicht nicht aus, sie dir alle zu sagen

Ich will den Staub der Nachlässigkeit
fernhalten aus unseren Abenden
lebendig bleiben soll uns die Behilflichkeit
mein Herz ist eine Kerze, du hast sie angezündet
nun wird sie abbrennen, das ist die Liebe
meine Sinne umgeben dich und holen dich her
ich bin Orfeus und sage dir, blicke zurück
es gibt kein Urteil, das ich anerkenne
niemand löst dich mir auf in Schatten
sie sollen es wagen und durch einen Spruch
verjagen die, die den Weg gefunden hat

Wenn ich aussähe, wie ich liebe
Lanzelot bliebe unbemerkt
der hat es mit dem Drachen aufgenommen
ich nehme es auf im Alltag mit dir
und dem bitteren, aufzehrenden
das Geschlecht manchmal fast
auslöschenden Gefühl, das du gewollt hast
oder nicht gewollt

aber nun ist es lebendig und läßt sich
nicht abtreiben
auch wenn es mich zur Unzeit überfällt

Wenn meine Augen dich sehen
wenn ich meine und deine Finger wärme
dann liebe ich dich
gestern haben wir dieses alte Wort abgeschafft
heute hole ich es aus dem Wartesaal der ewigen Dinge
die sich manchmal zurückziehn aus Scham
oder abgeschoben werden
ich schlage die alten Bücher auf
und suche Trost in Vergleichbarkeit
Ich sehe auch deine Ängste und deine Unberatenheit

Ich möchte, daß es dir gut geht
und lüge dir also, es geht mir gut
magst du mich vergessen im Schlaf
mich vertreiben aus dir, um zu überleben
ich liebe dich und möchte dich besitzen
so wie du mich besitzen kannst
wenn du die Hand legst
auf die schmerzhaft pochende Stelle an meinem Hals
auf der Straße zwischen meinem Herzen und meinem Kopf
eine Salzstraße manchmal, weil ich weiß
daß du meinen Kummer nicht auch noch
auf dich nehmen kannst ich liebe dich
halbtot vor Angst um dich
scheint mir mein Leben
die Angst um mich zu nehmen

vielleicht bleibt es nicht so
vielleicht wird dein Mut nicht reichen
vielleicht, daß meine Geduld reißt
vielleicht werden sich meine Wörter
durch einen Fluch
verwandeln in Ungeschicklichkeit
vielleicht kralle ich mich in dich ein

spiele Kreidekreis mit dir
obwohl ich den Gedanken hasse
ich will, daß es dir gut geht
wie aber könnte ich dich lieben
und dich nicht bedrängen
wie soll ich dich lieben, als wäre nichts
ich liebe dich und sehe
wenn du zurückweichst
nicht weißt, ob man damit zurechtkommt
für dauernd
ich wollte, ich könnte amen sagen
ich liebe dich

Aus den Spielen des Lebens
wird Ernst
he, sagt mein Herz
tu nicht so
als ob du viel draus lernst
für manchen hast du dich schöner gelogen
das kann ich nicht immer so sehn
sagt das Herz
man tut, was man kann
es gab genug Unbarmherzigkeit
die lege ich ab
damit fängt die heilende Zeit
der Zärtlichkeit des Alters an

Ich würde aufgeben
wenn meine Haut sich verschließt
vor deinem Schmerz
wenn mein Blick dem deinen ausweicht

Fürcht ich deiner Schwierigkeit ein böses Ende
bin ich selber dort schon angelangt

Wie die Erde sich dreht
wie der Grashalm sich wiegt
und so leicht
wie ein Vogel ins Sommerblau fliegt
so möcht ich mich fühlen
und so einmal noch tanzen

wie der Regen im Mai
wie der Herbst Blätter streut
und so leicht
wie ein Kind sich an seinem Ball freut
so möcht ich mich fühlen
und so einmal noch tanzen

wie der Wind sich bewegt
und am Morgen das Licht
so leicht
wie ein freundliches Wort, das man spricht
so möcht ich fühlen
wenn dir das reicht

Siehst du über ihrem Kopf ein Baldachin
die Frau hat Kenntnis, Erfahrung
trägt einen weißen Kittel
aber Ahnung von uns hat sie nicht
weil wir dastehn, Hand in Hand
schränkt sie ihr Urteil ein
schmuggelt ein „wahrscheinlich“ unter
aber so wird das Apodiktische nicht besser
sie hat studiert, weiß sicher viel
nichts aber von dir
von dir nichts

die Hexe bin ich
und rufe die Pferdestärken
ich und sonst niemand, ich kenne dich
in meinem großen weißen Bett
lege ich beide Hände auf deine Augen

der Raum, in dem das Urteil gesagt wird
über den gebiete ich
und durch die Fenster hin
ist eine Landschaft der Wunder
mir anheim gegeben
in denen kennen sich aus
nicht mal alle, die lieben, längst nicht

ich glaube der Frau nicht, ich glaube ihr nicht
was weiß sie von der Kraft, die ich dir wecke
ich treibe aus dir, was aufgeben will
ich hab dich, halte dich
nichts an dir kam mir bisher abhanden
daß ich es betrauern müßte

ich verberge dir nichts
müßte ich der Frau glauben
würdest du mich weinen sehn
aber ich lege meine Hände auf dich
und sieh doch, über uns wölbt sich
ein schützender Baldachin

Ich hab das erste Mal geliebt
ohne Berührung
ich wurde berührt
ohne Liebe
besessen ohne Lust
da war Lust ohne Aussicht
auch alle Aussicht, aber
ohne den einen Augenblick
Blicke voller Hoffnung
die blieb immer
bis der eine kam
der kriegte alles geschenkt
und lernte damit umgehn
manchmal auch nicht

Was ich versäumt hab, ist versäumt auf immer
Das ist ein Satz, der nach Verzicht, der bitter klingt –
Und ist nicht so gemeint.
Denn mir entging am Horizont kein Silberschimmer
oft, wenn es aus war, stand ich noch im Zimmer
wenn die Vernunft schon lachte,
hat noch Eitelkeit geweint.
Was ich versäumt hab, ich bedaure es vergeblich
Erfüllung war es kaum, und nicht das Größte
nach dem man strebt.
Was ich versäumt hab, war am Ende kaum erheblich
und doch, und doch, ich hätt es gern gelebt.

Hast du nicht einen Frühling für mich
den könnt ich gebrauchen
um tief unterzutauchen
oder ’ne Wiese mit Spitzwegerich
Noch lieber hätte ich dich
nicht auf der Wiese
in ’nem Kahn
weiß, frisch bezogen
riesig
den Himmel diesig oder ist doch egal
was geht mich das Wetter an
komm du mit deinem warmen Bauch
ganz nahe an mich ran

Alles an mir
hat Veränderung erfahren
aber ich habe dich immer geliebt
mitunter zornig, auch in kühler Wut
Immer aber habe ich gewußt
daß es dich an meiner Seite gibt
angstvoll habe ich dich geliebt
daß du nicht vor mir gehst
wo der Gedanke so schmerzt
Irgendwann müssen wir scheiden
laß mich vorher noch lange
manchmal so schön an dir leiden

Hol mir
aus diesen herbstlichen Lüften
noch ein verspätetes Sommerspiel
laß uns schwelgen in Beerendüften
lang nicht genug
und niemals zuviel

Sprich mir
von Abschied nicht eine Silbe
glaub nicht den deutlichen Zeichen ganz
eh ich den Blättern ähnlich vergilbe
hol mich heraus
und verführ mich zum Tanz

Laß uns
zusammen winterwärts fliehen
fürchte nicht, daß mir die Träne quillt
alles ist ringsum reich gediehen
Sehnsucht wird da
und der Hunger gestillt

Es könnte uns besser gehn
aber als es uns besser ging
ging es uns auch nicht gut
als es uns gut ging, fühlten wir uns nicht besser
dabei geht es uns besser
als den Enkeln von Tschernobyl oder
den Kindern in einer
brasilianischen Großstadt
im Irak, Iran, in Somalia
es geht uns besser als Paparatzi im Mobil
Paul ist gestorben, unbekehrt und unbelehrt
Jesus könnte ihn fragen:
Was hast du aus meiner Barmherzigkeit gemacht

Mit unserem immer aufflammenden Nein
geht es uns besser
als anderen mit ihrem skrupulösen Ja
vielleicht liegen die kühl auf seidigem Pfühl
aber wenn sie dort nicht geliebt sind
dann geht's uns besser in unseren Betten
die noch gehn
nicht geliebt und nicht lieben
da versäumen sie das Beste
nur nicht nah dem Herzen ein scharfes Messer
beim Arbeiten und seltenem Feste
es geht uns besser

Ich war ziemlich baff
als ich durch ihn erfuhr
die Heilige Handlung
ist gar keine Ochsentour
man darf ruhig mal lachen
muß nicht dauernd ein Gesicht
wie kurz vorm Koma machen

nah beim andern still liegen
und schweigen
die wilden Verrenkungen
die der Frau wenig bringen
dazu muß sich keine zwingen
Erfahrung vorausgesetzt
und daß keins das andre verletzt
könnte man wissen
der Aberglaube der Männer
über die Seligkeiten der Weiber
macht ihnen unzufriedene Leiber

und ich fand mich früher so taff

Durch die Zweige
eine Stimme
altvertraut
welche Kehle
nur der Seele Laut

wie dein Name
ein später Ruf
ich war eine andre
eh ich mich
neu für dich schuf

Diese Stimme kann nicht fluchen
die Schöpfung gab ihr Gesang
sie fordert mich auf, zu suchen
was einmal stimmig klang

durch die Zweige
welche Stimme
als es nach Frühling roch
ich erkenne
was ich hatte
ruft mich immer noch

Was soll ich sagen
über Liebe
seit ich liebe
was nützt denn dem, der einsam ist
wenn ich die Liebe ihm beschriebe
zeig ich dem Hungernden das Brot
das stillt doch ihm nicht seine Not
erzähl ich ihm von rotem Wein
wie soll er davon trunken sein

wie soll ich reden
über Liebe
seit ich liebe
man schwärmt nicht Blinden, was man sieht
lärmt für den Tauben kaum ein Lied
und hat wer grad sein Liebesleid
der will nichts hörn von Seligkeit

ich werd mich schon wieder finden
bei den Sterblichen, den Blinden und Tauben
aber für eine Weile verlier ich jede Eile
genieße die Zweifellosigkeit
möchte mich binden
und habe meinen Glauben

Als ich klein war
wollte ich, daß mich jemand hört
daß meine Mutter mich liebt
und wer gestorben ist
soll im Frühling wiederkehrn
so hat es mir Onkel Kutti erzählt

ich dachte, wenn ich alles mache, was er sagt
komm ich in den Himmel
wenn nicht, dann in die höllische Pfanne

brav geworden, bemerkte ich
den Unfug der Weisungen und Strafen
widersetzte mich und wurde alt genug

den Schmeicheleien zu erliegen
freudig begab ich mich in Abhängigkeit
hielt aber dort auch nicht aus

also wechselte ich Seine Stimme gegen eine
gleichen Sinnes, aber prickelnd
als ich wieder aufbrach, versprach ich mir

einen eigenen Anfang
und eine Arbeit namens Liebe
bei der bin ich noch

Nebel stieg auf
überm Land und in seinem Blick
alles nahm andern Verlauf
Kälte griff mir ins Genick

Geahnt war es schon im ersten Moment
daß so helles Feuer nur obenhin brennt
er hat sich zurückgesehnt
uns geliebt und uns abgelehnt

Sehnsucht macht bleich
ich war blind vor Geborgenheit
dann war ich an Kummer reich
er stand grübelnd nachts am Teich

Geahnt hab ich's schon im ersten Moment
daß sich einer wie er
nicht von Frau und Kind trennt
er hat sich zurückgesehnt
uns geliebt und uns abgelehnt

o käme doch Schnee
dann wäre halt Winterzeit
statt Herzeleid

Warum willst du von ihm
ständig andres, als er grade geben kann
er versucht, das zu verstehn
mag, wie du dich anfühlst
sieht mit Rührung, daß du nicht jünger wirst
öffnet unangenehme Briefe vom Amt
du teilst ein, woran er teilhaben darf
dir wächst ein harter Unterton
da sitzt er abends, grau, erschöpft
nach einem ganz normalen Tag
früher hat er dann nach dir gesucht
sich eingegraben in dich
gib ihn her
eine andre möchte diesen denkenden
spöttischen, grantigen, vorsichtigen
empörend überhungerten Mann

Sie hat gesagt
Gründe gab es
ich konnte ihm keinen Zettel mehr
auf sein Kopfkissen legen
nachdem er einen zerrissen hat
er sprach manchmal, als müßte ich ein Geständnis
mit Blut aus meinem Daumen unterschreiben
jede Schwäche, die ihn befiel, hat er mir angelastet
ja, wenn er lachen wollte, befriedigt sein
mich rühmen für reife besonnene Liebe
aber ich weiß vorher nie, ob er was versteht
wenn er sagt: ich war wohl nicht gut zu dir
das klingt nach goldner Münze
Bezahlung für miese Momente
so unglücklich wie er mich machen kann
das wiegt sich danach nie auf
es war doch einmal Liebe
wenn er sich abwandte
trieb ich auf einer Eisscholle
er hat das gewußt
das aber darf ein Mann
an einer Frau nicht tun

Ich habe gesagt
Ein Zettel zu wenig lag auf seinem Kissen
sonst hätt der eine
nicht so schwer gewogen
dein Alphabet formt nur das Wörtchen Ich
seine Sünden hast du eingeweckt
die deinen nötige Erfahrung genannt
deine Fragen landen als Hammer auf seinem Kopf
gibst du nicht auch deinen Ängsten seinen Namen
wie schön Du bist, wenn Du gefallen willst
dann zeigst du dich als eine, die hat halt Glück gehabt
tief in deiner schwarzen Seele
denkst du nicht gut über dich
dann gerade verlangst du Erbarmen und Erbauung
ihm hast du nie einfach geglaubt
er sagte dir vielleicht die Wahrheit, nach der er strebt
du hast ihn dazu nicht ermutigt
verlangt hast du eine diamantene Bringeschuld

Mehr als man selber liebt
wird man aber nur von Verlierern geliebt

In jedem Juni
geh ich jenen Wegen nach
wo ich mir meinen Knöchel brach
als ich Joachim mich versprach
fürs ganze Leben

ich war grad süße Siebzehn alt
und wollt doch bloß mal sehn
ob Joachim etwa lacht
ich konnt dann wochenlang nicht gehn
hopste aus diesem blöden Wald
und Achim hat sich fortgemacht
fürs ganze Leben
zumindest meinen Knöchel
hab ich ihm für lange gegeben

Wenn der Mann lügt
vor Angst die Wahrheit vergißt
wegen Mama
die er bewahren wollte
vor seinem Anderssein
auch er so ein Mann
von denen sie hatte
Einer, der lügt
obwohl sie alles für ihn getan hat
Das weiß er
und zahlt es heim jeder
die alles für ihn tut

Einmal
nur ein einziges Mal
war ich allein
als es dunkelte
Jene besondere Stille legte sich auf die Stadt
Menschen haben sich beschenkt, geweint
waren enttäuscht oder glücklich
legten eine Hand auf die Wunden vom Jahr
haben einander verziehen

Ich hatte es gewollt, war allein
was soll ich darüber sagen
ich habe es nicht ertragen
Es ist bei dem einen Mal geblieben
seither will ich dann alle um mich
und daß wir einander lieben

Wenn Frieden wär
wie könnten wir
die Not auf Erden lindern
für Wälder, Seen, Mensch und Tier
gar unsern Kindeskindern

wenn Frieden wär
es wär dafür
der blaue Ball zu retten
und ruhig schlafend lägen wir
die Nacht in unsern Betten

wenn Frieden wär
sie müßten nicht
so laut die Trommeln schlagen
sie lügen uns ja ins Gesicht
wenn sie das Kriegsbeil tragen

wenn Frieden wär
dann brauchte ich
um unser Kind nie bangen
es ist mein Herz und keiner soll
sein Leben abverlangen

wenn Frieden wär
auf Erden hier
wie anders lebten wir

Im ersten Jahr
da war das Herz
viel zu stark betäubt
die Welt uns aufgetan
die Blüten reich bestäubt

doch bald danach
dann dieser Schreck
es bleibt nichts, wie es war
das einzig Schöne auch
verliert sein erstes Haar

wir reisten weit
als wärn wir eins
blieben aber zwei
du fandest deine Welt
und ich war nur dabei

doch bald danach
ich wollte weg
es war noch wunderbar
und dennoch ein zu tiefer Schreck
kein großes Wort blieb wahr

Woher kommst du, Tochter
mit so angestrengtem Lachen
in den Augen soviel Grau
mit so dünnen kalten Fingern
woher kommst du Tochter
als so eine fremde Frau

Welcher Schmerz legt um die Augen
dir solch noch vergängliches Gewebe
woher nehm ich Leben, daß ich es dir gebe
um dir mehr als nur Gebärerin zu sein

Laß dich fallen, oder setzt dich nieder
wenn es sein muß, schweigen wir wie ehedem
besser, Tochter, sprich und wärm dich wieder
eh du aufstehn wirst und gehn – zu irgendwem

Du wirst gehn und deine Augen werden schwarz sein
dein Haar gekämmt, dein Mut ganz neu
ich stehe da und sehe, daß du jung bist
wie leicht du gehst
und wie beschwingt auf einmal nun
mit meiner Tasche unterm Arm
in meinen neuen Schuhn

Im Wasser liegt ein Stein
den ich am heißen Tag verlor
wer findet ihn, wer taucht nach ihm
wer holt ihn sich empor

und wer trägt dann den Ring
mit deinem roten Stein
er hat für mich kein Glück gebracht
mag er versunken sein

im Kasten lag ein Brief
den du geschrieben hast
ich les ihn und begreif ihn nicht
ich spür nur seine Last

im Dunkeln liege ich
und bin nach einem Jahr allein
und wenn ich schlafe, tauch ich tief
nach meinem roten Stein

Bleib wo du bist
Aber
komm in den Nächten
wenn die Sichel des Mondes
durch die Gräser geht

Heu, Liebster
duftet viel stärker als Gras

Bleib wo du bist
Aber
komm in den Nächten
wenn die Sichel des Mondes
auf die Wurzeln trifft

Bleib wo du bist
Aber
komm in den Nächten
wenn die Sichel des Mondes
kalt und silbern blinkt

weil ich sterbe
wenn du dann nicht kommst

Das Schöne an den Frauen ist
Lammsgeduld
Gluckenhaftigkeit
sanfte Kuhaugen
oder Rehblick
Schwanenhals und Bienenfleiß
Kirschenlefze
Pferdemähne
Himbeerzunge
der dunkelfeuchte Erdbeermund
bißchen wie ne Hausleopardin
aber ameisenordentlich
Fellchen wie von Seidenraupen gewebt
verfügbar wie ein Suppenhuhn
die Apfelbrust, Birne gar
der Pfirsicharsch mit Gazellengang
Mausezähnchen
Tausendfüßelein
Das Schönste an den Frauen ist:
Kein Spatzenhirn

Frühling
dieser weiße durchdringende Flieder
da fällt mein Herz auf die Knie
und es geschieht ihm recht
dem schlappen verheulten Wesen
in meiner unruhigen Brust

besoffen vor Sauerstoff
betroffen von allen Widersprüchen
feinen Rissen
endgültigen Brüchen
ratlos, was gestern war, was heute gilt
wie Unkraut das Herz, wächst einfach wild
Steinchen rennt zu Stein
Gebein zu viert wird warm' Gebein

Ich bin über den Herbst erhaben
über den Winter beinahe klug
komm zurecht mit kaltdeutschen Sommertagen
aber dann
als federleicht geschmückter Hochzeitswagen
entführt mich der Lenz
der Frühling stiftet's, der Winter trennt's?
Gib nach, altes Herz, wenn's blüht, dann brennt's

Dich möcht ich noch lieben
wenn ich zerschlagen heimkomm
und möcht im Grunde nichts
als ein Stück Brot
ein Glas voll Wein
und daß mal niemand spricht

dann hol ich dich zu mir
und leg mich neben dich
und mal' dir Ruhe und Verlangen ins Gesicht
du darfst mich auch in meiner Schwäche sehn

in den Schlaf zu falln
zwei warme Steine bis zum Grund
auf dem sich auch die Träume noch berührn
dort noch möcht ich dich lieben
dort noch möcht ich dich spürn

dich möcht ich noch lieben
wenn ich vom Irrtum wund bin
und mich in Frage stell
auf keinen hör und keinen brauch
und tob mich in mir aus

laß uns endlich falln
wir warten uns zugrund
jede Rose welkt
vom Warten jeder Mund
laß mich endlich dich spürn

Wieder eine harte Zeit
woran halten wir uns fest
da oben stelln sie Bedrängnis bereit
Unfriede wächst im brüchigen Nest

Wir hier solln nicht gewesen sein
unser Denken wird Sperrmüll genannt
sie holn uns als Mahnung beliebig rein
gefährdet ist jeder Stand

das hat uns in Ängste gebracht
die Seele verstört und gehemmt
und liegen wir schlaflos zur Nacht
sind wir uns fast selber fremd

wär schön für sie, wenn es so bleibt
das schaffen sie aber nicht
weil Geschichte sich so nicht schreibt
das stempelt ihr eignes Gesicht

Wieder eine harte Zeit
da halten wir uns fest
Jing und Jang, geteiltes Leid
flicken wir unser Nest

Wach auf, mein Herz
und sehne dich
nach Freude und Genüssen
genieße deinen starken Schlag
lieg nicht bei tauben Nüssen

du hast auf dünnes Eis geführt
und drunter war kein Halten
wie sterblich hast du mich berührt
und herrlich mit Gewalten

Wach auf, mein Herz
zu Leidenschaft
Erfahrung hilft beim Tragen
viel Dinge wolln zum Schlechtren gehn
da darfst du nicht verzagen

Wach auf, mein Herz
und fange dich
aus Schreck und kaltem Müssen
fang noch mal an, leg noch mal los
beginnen wir mit Küssen

Wenn der Eifer abfällt
von der reifen Liebe
tritt die Gelassenheit
in ihr Recht
dann erst
werden wir einander
unersetzbar

Ich lasse die Nacht herein
ihre Kühle
hier stand eben noch ein
überfüllter Tisch
und es warteten
zu viele verschiedne Gefühle

ich tat mir wieder leid
tu ich dauernd
mein überreiztes Herz
will gelassen sein
hält nur den Schwur der Anfangszeit
nicht länger ein

Ich bin dieser Nacht zu klein
ins Gesicht werd ich's ihm schrein
Sie ist da, ich bin hier, was bedeut ich dir

Dass er zuviel verlangt
kam mir nie in den Sinn
ich glaube, er bangt
um die, die ich nie war
nur vorübergehend durch ihn bin

Schrei mir bitte nicht in die Ohrn, hab ich zu ihr gesagt
sobald er durch die Tür tritt, trabst du wieder mit
er war noch im OP, hat Gott gespielt
und heute hat er verlorn
da ist es später geworden
deswegen willst du seine Frau, ihn und dich ermorden
wer neun Jahre mitmacht, tut's auch noch länger
ich wünsch dir für den Rest der Nacht
daß er zeigt, wie dreckig es ihm geht
und was das für einen Mann aus ihm macht
dem weder der Sinn nach dir noch sonst irgend etwas steht

Nein, wir sterben noch nicht
vergiß die Schrecksekunde
es war nur eine Wunde
nein, wir sterben noch nicht

nein, wir sterben noch nicht
wir leben noch einmal von Anfang an
kehren zurück zu dem ersten Wort
mit dem alles begann

wir streifen uns vom Herzen
die abgelebte Schicht
der Tod kann lange warten
er kriegt uns nicht, noch nicht

wir drehen unsre Köpfe
mit allem Mut zurück
der Blick hilft beim Verwinden
wir spieln ein neues Stück

nein, wir sterben noch nicht

Härte in deinen Augen
Ansichten, die nicht taugen
manches ist nicht so gemeint
ich hab trotzdem heimlich geweint

falls die Sonne scheint
ist sie mir zu heiß
weil ich über sie Drohendes weiß
die Zeitungen schütten mit Kübeln
berichten von allen Übeln

ich möchte darüber reden, störn
und spüre unsrer Jahre Zahl
sie mahnt mich zum ersten Mal
mit manchem aufzuhörn

Ich fliehe in die Stille
verschließ mich, ruhe aus
nur einen Tag Idylle
in einem dunklen Haus

da brauch ich keine Worte
hab Bilder, bunt und breit
verwachsen ist die Pforte
zu meiner Einsamkeit

ich schreib mal keine Briefe
meß ich's an uns und einst
die Nähe sucht nach Tiefe
mein Herz, und was du meinst

nun brauch ich den Gedanken
der ist zu oft verdrängt
wo hab ich eigne Schranken
zersägt und abgehängt

ich werde nach dir schreien
und falls ich das nicht tu
muß ich mich erst befreien
ich such verlorne Ruh

Die Nacht hat vier Augen
deine und meine
die Nacht hat vier Augen
hat zweimal ein Herz

Die Nacht hat viel Sterne
Blumen im Dunkel
die Nacht hier hat Tränen
von mir hingeweint

Die Nacht hat auch Worte
die sind wie keine
und andere Stimmen
die werden geflüstert
vergessen danach

Die Nacht hat ein Kissen
drauf wir uns legen
und mischen die Haare
und ruhlosen Schlaf

Die nicht geliebt sind als Kind
halten sich nie für geliebt
erkennen nicht Liebe
traun sich Liebe nicht zu
fast alles kann man später noch lernen
nur schwer, sich lieben zu lassen
geliebt zu sein, liebend

Wenn sie dein Vöglein wär
ob sie da Flügel hätt
weithin gespannt
oder verstecktest du
sie in der hohlen Hand
wäre das ihr Bett

Wäre ihr Lied dir wert
daß du es hören mußt
als wär's von dir
oder verachtest du
solch eine Art von Lust
bleibt die fremd an ihr

Wenn sie dein Vöglein wär
käme von drauß' herein
hungrig und müd
läßt du das Fenster auf
als ob kein Vogel flieht
wie denn würd' das sein

wärn ihre Federn kraus
oder im Streit versehrt
hältst du das aus
oder als Habicht dann
stößt du auf sie herab
wenn sie sich nicht wehrt

Du mußt denken, Tochter, wenn ich sterbe
nicht nur weinen, Liebe, wein mir nicht zu sehr
von mir bleibt, was ich an dich vererbe
sieh dich um – ich lebe um dich her

als du klein warst, hast du leicht gefroren
da schon wärmten wir einander ganz und gar
du hast mich, ich habe dich geboren
und ich weiß nicht, wer ich vorher war

Du mußt wissen, Tochter, wenn ich sterbe
daß du mir mit deiner Trauer drohst
als ob ich vielleicht zuletzt verderbe
was doch sein muß, dieser eine Trost:

daß es dich gibt, Tochter, meine Schöne
mir zwar ähnlich, doch von eigner Art
leb, daß ich mich mit dem Gehn versöhne
wenn du lebst, bleibt mir der Tod erspart

Wir sind älter
sogar alt geworden
treffen uns
nicht heimlich
nein, an einem weithin leuchtenden Feuer
die Flasche geht reihum
wir brechen das Brot
teilen den Fisch
Fleisch wird aus der Glut und den Kräutern geholt

bitte keine Rede
was du uns sagen kannst
hätte seine Zeit gehabt
neu Aufregendes
weißt gerade du noch nicht

laßt uns singen
Lieder von unterwegs
in vielen Sprachen
hören, ob sie noch taugen
wenn wir lachen müssen, lachen wir eben

seinen Namen kennen wir
hat aufgegeben, ist ab in die Büsche
der nicht, den hat's zu früh erwischt
ist zugrunde gegangen, Wendekrebs

die, nein, die dürfen wie nie vergessen
wie nötig wär sie uns jetzt
und wie erst morgen
unermüdlich, das war immer lobend gemeint
müßte man auch mal drüber denken

Einige kommen vielleicht noch
nur nicht zu früh die Fehlenden betrauern
aber mehr Junge werden es nicht
wohnen ja kaum noch welche hier

Ich seh dein graues Haar
den Zug um deinen Mund
so rauen Ton hast du früher nicht geführt
ich leg ein Scheit ins Feuer
da sehn die Gesichter gleich weicher aus
es gibt kein Wort, das uns alle eint
keins, mit dem jeder dasselbe meint

wir waren zusammen
löscht ordentlich die Flammen
der Abend sollte reichen
um zu gehn
und sich wiederzusehn

Laß mich nicht untergehn
in meiner Liebe
laß meine Liebe nicht sein
eine versunkene Glocke
die willkürlich schlägt
bis einen Augenblick
die Haut darüber zittert
folgenlos
solch eine Glocke
versunken
tönt Unglück

Manchmal aber sehne ich mich
nach meiner Unvollständigkeit
will ich zurück in den Antrieb *Demnächst*
brauch ich mein Quantum bittrer Lehren,
das in Vergessenheit gerät
ich war der Teil, der so nicht leben kann
nun aber ist mir die Wehmut verschlossen
die Sehnsucht äußert sich in Gesten, die
rufen jemanden herbei und gleich
das Alter strahlt vor Möglichkeiten
ich werde gut zu Fuß aus Leichtigkeit der Seele
die Einsamkeit ist abgeschafft
sie hat mich auch gespeist
Unglück glücklicher Erfahrung, daß ich manchmal
nichts brauche als mich
das wird so bleiben, ich weiß es
aus dem mach ich es uns dann schwer

Welches Gesicht hattest du
offen, solang wir nicht sprachen
dann so verschlossen
ganz ohne die Male
die ich liebe
fremd mir und feindlich
solches Gesicht hattest du

Welches Gesicht hatte ich
so furchtbar, wie ich mich fühlte
ganz ohne Hoffnung
als müßt ich so bleiben
nie mehr wie früher
sag doch, zusammen
welches Gesicht hatten wir

Wenn du achtlos bist
begegnet mir im Spiegel
ein alterndes leeres Gesicht
Wenn deine Liebe nur flüchtig über mich hinstreicht
such ich in den Worten der Freunde nach Kränkung
Wenn du keinen Blick für mich hast, schäme ich mich
meiner unbedeckten Hände und daß ich nackt war
Wenn du eilig bist schon bei der Ankunft
gehst du von einer, der sind die Arme zu lang
tust du belanglos, werden die Nächsten fremd
und zweifelnd nehm ich Abstand von mir selber

Wenn du mich liebst, bin ich schön
mit erhobenem Kopf geh ich zum Spiegel
und bewundere mich
Ernsthaft bring ich die andern zum Lachen
heiter hör ich die Freunde sagen, an mir
könnte manches besser sein
was mühsam ist, legt sich auf die Schultern
wie ein seidenes Tuch
beachtet von dir leg ich es ab, wann du willst
es bedeutet nichts, ob du eilig bist
Wenn du mich liebst
geh ich zu Paris und frag ihn
ob er nicht zufällig einen Apfel bei sich hat

Eine weiße Perle reih ich ein
wenn du mit mir lachst
eine schwarze wird es sein
wenn du mich traurig machst

in zwanzig Jahrn
trag ich um den Hals
wenn's gut geht und lange währt
zwei weiß' auf eine schwarze
oder umgekehrt

Deine Augen sind die Stille
die nach allem Aufruhr winkt
deine Augen sind das Dunkel
in das alles einfach sinkt

Deine schönen Augen machen
daß ich ganz betroffen bin
deine schönen Augen wachen
daß ich nicht zu offen bin

Deine Augen sind das Wahre
grenzen ein und machen weit
weiß nicht, wo ich sonst erfahre
jetzt mein Glück und dann mein Leid

Deine Augen sind zwei Steine
so schwer wiegt mir mancher Blick
sie durchschaun nicht all das meine
manches liegt zu tief im Schlick

Deine Augen sind die Lunte
die ich manch Gelebtem weiß
deine Augen sind das Bunte
das ich mir vom Herzen reiß

Deine Augen sind die beiden
die ich neben meinen brauch
deine Augen machen leiden
wenn ich zu tief untertauch

Leid, das geht ja noch
man überlebt es, oder nicht
spürt es im Herzen, oder am Magen
schläft unterm Bleigewicht

aber auf einmal hebt sich's vom Kissen
man ißt was, mit schlechtem Gewissen
irgend 'ne Freude haut einem die Beine weg
das Leben trabt an aus seinem sichern Versteck

das schleichende ständige Unbehagen
daran stirbt man
das ist nicht zu ertragen

Schwingendes Dämmern
Wort holt sich Wort
Mein Herz spür ich hämmern
Die Zeit fängt an zu treiben
Ich kann noch nicht fort
Will noch bleiben
Da warte, Guter Ort

Es regnet zu oft
oder wenig, schneit nie, oder zuviel
Sommer, wo die Haut verbrennt
und was man heutzutage Liebe nennt
One Night Stand, und der Fisch hält nix mehr aus
fader Beton ist den Kindern ihr Vaterhaus

aber du lebst doch, Mensch
spüre das wieder mal ganz
hilf einem Kind in der Welt
und sieh zu
daß sie vielleicht doch
eine Million Jahre länger hält

ob du ein Schlappschwanz bist
wolln wir erst mal sehn
zweifle nicht an gar nichts
und zweifle nicht an allem
Villa oder Arche Noah
beides ist nicht der Nabel der Welt

Du sagst, etwas fehlt dir
was dir die Brust aufreißt, wieder mal
Risiko, oder eine schöne Sünde
rechne aus, rechne nach, aber:
rechne mit dir
du bist auch nicht die Welt
aber tu manchmal so
hilf, daß sie über uns hinaus
ein paar Gedanken, Gefühle
unser Beispiel oder deine Liebe weiter reicht

Kleine Traurigkeit am Morgen
eine Nacht ist vorbei
verschlafene Zeit
kostbare Stunden
das Licht hat sich wieder eingefunden
der Himmel spannt sich weit
Züge fahren ab
Wege sind frei
alles, was Flügel hat, fliegt
und die Nacht unterliegt

ein Wort sei ein Wort
so war es ausgemacht
klang nicht wie ein Schlußakkord
oder erst in dieser Nacht

Tagsüber zu wenig gelacht
das gibt keine gute Nacht
dauernd Zoten gehört
mehrmals beim Denken
von einem Blödmann gestört
wo ich wohne
war keins der Telefone
heute defekt
ich hab das alles mühsam weggesteckt

aber der Tag hat mich geschafft
nun bist du dran
gib mir ab von deiner Kraft
sei ein sanfter Mann

es braucht kein Geschenk, keinen Widerhall
muß nicht sein, daß du viel sagst
mag sein, daß ich dir so nicht gefall
aber es ist, wie es ist
du kannst nichts dafür
ich renn aus der Tür
während du unentwegt zu Hause bist
ich weiß, das nagt an dir
zuviel, was dir nicht paßt
und was du manchmal haßt

aber der Tag hat mich geschafft
nun bist du dran
gib mir ab von deiner Kraft
sei mir ein sanfter Mann

Die heiße suppe
als ich nach hause kam
hinter mir die niederlage
vor mir des nächsten tages
hohe schwelle
ich wollte stürzen
ohnmächtig sein
schlimmer befund
falls ich mich aufrichte
dann nur an deiner angst um mich
ich stand dann da
sagte, wie es war
aber du gingst vor mir
beredter durchaus als ich
nun schweigend mit der suppe
ich fummelte an den stiefeln
kriegte sie nicht runter
mein schal hing mir vor den augen
verdammte falsche reihenfolge
meine schlüssel sind auch weg
nichts hielt die scham auf
alles lag an mir
aber auch dein heilendes schweigen
und die heiße suppe
im richtigen moment
schmeckte auch noch, einzigartig

Sie basteln an ganz anderen Bomben
viel eleganter gebaut
geformt wie appetitliche Rhomben
farblich auf die Ziele abgestimmt
von lustigen Schirmchen getragen
mit eher zimperlichem Laut
der niemandem die Ruhe nimmt

wir stellen uns vielleicht auf die Zehen
gebannt von der Neuigkeit
den Beginn technisch rasantester Zeit
was es alles gibt, sagen wir
und bleiben stehen

bis sie runtersausen
rummsbumms hinein in unsere Flausen
denn egal, ob lieblicher oder pfeifender Ton
fallen müssen sie schon

und werden alles verändern
die Meere neu rändern
und was nicht gleich mit erledigt werden kann
da sind sie noch dran
es wird geschehn
ich kann es in den Augen der Politiker
und im Spiegel kann ich es sehn

Und immer danach
ist diese Welt
für einen Augenblick ganz heil
von dem, was war
was je gelebt hat
von Baum und Stadt
und von dir
bin ich ein Teil

Und immer danach
ist es wahr
daß sich mein Leben um dich dreht
das Gras seh ich wachsen
spüre den Wind
der drübergeht

Und immer danach
fließen zusammen
Wasser und Flammen
alles scheint leicht
nichts auf der Erde
gibt's außer dir
was mir so gleicht

Jede Begegnung mit dir
war ein Maskenball en miniatur
du warst das Gute
hattest das Schöne in dir
und spieltest das Tier

aber nach Mitternacht
ist deine Müdigkeit erwacht
dann hat die Maske nicht mehr gepaßt
hinter der du ihr was vorgespielt hast
dann gabst du den Tanz der sanftesten Tiere
und das Licht ging aus im eurer Schmiere

wie dumm muß eine eigentlich sein
wie jung und verliebt, fällt sie auf so etwas rein

jede Begegnung mit dir
blieb Karneval und stand nicht dafür
du warst das Bunte
flüchtig, laut und grell
in deinem Hirn verging alles schnell

aber nach Mitternacht
wenn du sein mußtest, wie du bist
nicht mehr gar so scharf und jung
deutliche Spuren von Abschied und Trunk
dann war's halt der Tanz der sanftesten Tiere
und dann durfte kein Licht sein in eurer Schmiere

einmal gingen die Scheinwerfer an
da warst du niemand mehr
nur ein verbrauchter kranker Mann
du hast um Hilfe geschrieen, warst außer dir
ein angeschossenes Tier

der Arzt hat sie böse angesehn
bleich und mit krummem Rücken
sah ich sie in ihre Wohnung gehn
zum Schloß mußte sie sich bücken

hat Tabletten, aber zu wenig genommen
ist also zurückgekommen
und wird erst mal wenig verstehn

Lange hat sie dich geliebt
und etwas davon blieb in ihr
es ist vorüber
sie ist nicht dein Tier

Einmal nach Mitternacht
ist sie ernüchtert erwacht
du hattest keine Maske mehr
die Gläser waren klebrig und leer
vorbei der Tanz der sanftesten Tiere
da war das Licht schon einmal grell
in eurer verdammten Schmiere

Liebe geht nur
wenn du so gut lebst wie allein
wenn sprechen und zuhörn die schöne Feier sind
wenn du zehn Seiten hintereinander lesen darfst
ohne daß jemand etwas von dir will
Liebe geht nur ohne das schlechte Gewissen
über Freude, die der andre nicht teilen kann
einen Kummer, der sich noch nicht in Worte kleidet
Liebe geht nur, wenn du dich mit einer sanften Bewegung
abwenden darfst, und da stößt keiner nach
Liebe geht nur ohne Herablassung
das irreführende Wort heißt Toleranz

Wenn du willst, magst du dich verändern
Ich verändere mich
Ich nicht dich und du nicht mich
Nur so geht Liebe
Vielleicht

Geliebter
du stößt an die Wolken in den Augen der Kinder
sie legen den Kopf weit zurück
lachen zu dir hoch
und du beugst dich
bis ihr auf gleicher Höhe seid
da geh ich weg
das geht nicht einmal mich etwas an

Welch ein Trost
wird mir erteilt
Wenn das schon reicht
daß mir keiner stirbt
und keiner heute sterben wird
daß keiner mich verlassen hat
und irgendwie dreht sich das Rad
und einer ist ja hergeeilt
wo doch, man sieht es, gar nichts ist
Du bist halt heute nicht gut drauf
Andre nehmen ganz andres in Kauf

Ja, guten Weg, paß auf dich auf
Wenn das schon reicht
daß mich einer auf der Stelle dreht
weil alles irgendwie weitergeht
Herz und Seele haben noch ihren Verbleib
Und er hält noch zusammen, der alte Leib

Wenn das schon reicht
mit all den Gedanken im Sinn
Irgendwie zu sein
aber ich bin doch kein Stein

Wo leb ich denn hin
auf dieser Erde
der schönen
auf der so viele wirken
Mit denen ich uneins bin
Irgendwie sein
Ich bin doch kein Stein

Vor Sonnenuntergang
will ich dich sehn
als wärs das letzte Mal
und mir darf nichts entgehn
die Falte da, scharf wie ein Keil
an der hat jenes Wort ihr Teil
und wie dein Lächeln nun geworden ist
daran erkenn ich
wie du mir gewachsen bist
ich seh in deinen Augen
daß wir einander noch
und morgen wieder taugen
kein Ton zu hören und wir weinen nicht
umarmen uns in einem sachten Tanz
im abendlichen Licht

Ich grüße euch
ihr zärtlichen Mädchen
mit den trunkenen
oder in Tränen versunkenen Blicken
die Nacht erweckt Bilder
und wird euch neue schicken
morgen ist auch noch ein Tag

Ich grüße euch
ihr ruhlosen Frauen
ihr umtriebigen
immer beschäftigt mit ander Leuts Nöten
ihr sinnlichen Wesen
genannt nach Blumen und Abendröten
morgen ist auch noch ein Tag

Ich grüße euch
ihr friedlichen Männer
all ihr herzgenesenen
wer wird sich je noch um Erstgeburt raufen
ihr Schönen und Starken
wir können uns lieben
dann müßt ihr euch keine Lust kaufen
morgen ist auch noch ein Tag

Ich grüße euch
ihr traurigen Leute
die allein sind
unter liebenden Paaren
schade um jeden Moment unzufriednes Leben
morgen ist auch noch ein Tag

Gute Nacht und Salud
ihr unbekannten, nah verwandten Seelen
überleben wir erst mal bis morgen früh
und möge morgen keines von uns fehlen

Müde vom Tag
und nah bei der Nacht
sucht mein Gedanke den Freund
wo er auch sei
und was ihn auch treibt
er hat mich sanfter gemacht
und von falscher Scham frei

frei von dem Drang
schlauer, stärker zu sein
perfekte Jedermannsfrau
frei von dem Zwang
alles, bloß nicht allein
werde nicht kalt, werd nicht schlau

Müde vom Tag
und nah bei der Nacht
sucht mein Gedanke den Freund
was er mir galt
das bleibt er für mich
er hat mich stärker gemacht
und ich brauchte es bald

frei von der Angst
täglich älter zu sein
und irgendwann einmal alt
was du mir dankst
weil das für dich zählt
macht meine Eitelkeit klein
und stärkt meinen Halt

frei von dem Drang
nur für ihn dazusein
auch wenn's mich selber zerstört
frei von dem Zwang
zu dem schöneren Schein
daß eins dem andern gehört

vorm Einschlafen zu liegen
und so dankbar an einen zu denken
mehr kann man von keinem kriegen
mehr kann man keinem schenken

Im Urgrund
bieten die Steine
ihren Widerstand
wenn du vorübergehst
leg ein Steinchen, das deine
auf unseren Efeurand
Erinnern macht dir die weiche Träne
laß sie falln, aber dann geh weiter
so schön, so jung
zu uns hinab gibt's keine Leiter
das Leben schüttelt seine Mähne
bei uns kannst du nicht liegen
ein Prinz kommt, als silberner Reiter
dem mußt du entgegen fliegen
ich leg mich näher zu dem meinen hin
heilfroh, daß ich nicht mehr auf Trebe bin

Inhalt

ISBN 3-360-01269-0

Rosa-Luxemburg-Str. 39, 10178 Berlin
Umschlagentwurf: ansichtssache – Büro für Gestaltung
Druck und Bindung: Salzland Druck, Staßfurt

Die Bücher des Verlags Das Neue Berlin
erscheinen in der Eulenspiegel Verlagsgruppe.

www.das-neue-berlin.de